W0367037

Rote Krimi

Von EDGAR WALLACE
sind außerdem im Goldmann Verlag lieferbar:

Die Abenteuerin. 164
A. S. der Unsichtbare. 126
Die Bande des Schreckens. 11
Der Banknotenfälscher. 67
Bei den drei Eichen. 100
Die blaue Hand. 6
Der Brigant. 111
Der Derbysieger. 242
Der Diamantenfluß. 16
Der Dieb in der Nacht. 1060
Der Doppelgänger. 95
Die drei Gerechten. 1170
Die drei von Cordova. 160
Der Engel des Schreckens. 136
Feuer im Schloß. 1063
Der Frosch mit der Maske. 1
Gangster in London. 178
Das Gasthaus an der Themse. 88
Die gebogene Kerze. 169
Geheimagent Nr. 6. 236
Geheimnis der gelben Narzissen. 37
Das Geheimnis der Stecknadel. 173
Das geheimnisvolle Haus. 113
Die gelbe Schlange. 33
Ein gerissener Kerl. 28
Das Gesetz der Vier. 230
Das Gesicht im Dunkel. 139
Der goldene Hades. 226
Die Gräfin von Ascot. 1071
Großfuß. 65
Der grüne Bogenschütze. 150
Der grüne Brand. 1020
Gucumatz. 248
Hands up! 13
Der Hexer. 30
Im Banne des Unheimlichen. 117
In den Tod geschickt. 252
Das indische Tuch. 189
John Flack. 51
Der Joker. 159
Das Juwel aus Paris. 2128
Kerry kauft London. 215
Der leuchtende Schlüssel. 91
Lotterie des Todes. 1098
Louba der Spieler. 163
Der Mann, der alles wußte. 86
Der Mann, der seinen Namen änderte. 1194
Der Mann im Hintergrund. 1155
Der Mann von Marokko. 124
Die Melodie des Todes. 207
Die Millionengeschichte. 194
Mr. Reeder weiß Bescheid. 1114
Nach Norden, Strolch! 221
Neues vom Hexer. 103
Penelope von der »Polyantha«. 211
Der Preller. 116
Der Rächer. 60
Der Redner. 183
Richter Maxells Verbrechen. 41
Der rote Kreis. 35
Der Safe mit dem Rätselschloß. 47
Die Schuld des Anderen. 1055
Der schwarze Abt. 69
Der sechste Sinn des Mr. Reeder. 77
Die seltsame Gräfin. 49
Der sentimentale Mr. Simpson. 1214
Das silberne Dreieck. 154
Das Steckenpferd des alten Derrick. 97
Der Teufel von Tidal Basin. 80
Töchter der Nacht. 1106
Die toten Augen von London. 181
Die Tür mit den sieben Schlössern. 21
Turfschwindel. 155
Überfallkommando. 75
Der Unheimliche. 55
Der unheimliche Mönch. 203
Die unheimlichen Briefe. 1139
Das Verrätertor. 45
Der viereckige Smaragd. 195
Die vier Gerechten. 39
Zimmer 13. 44
Der Zinker. 200

EDGAR WALLACE

Zimmer 13

ROOM THIRTEEN

Kriminalroman

Wilhelm Goldmann Verlag

Aus dem Englischen übertragen von
Gregor Müller

Herausgegeben von Friedrich A. Hofschuster

Gesamtauflage: 523.000

Made in Germany · 5/83 · 22. Auflage

Umschlagentwurf: Atelier Adolf & Angelika Bachmann, München
Umschlagfoto: Studio Floßmann, München
Satz: Presse-Druck, Augsburg
Druck: Elsnerdruck GmbH, Berlin
Krimi 44
Lektorat: Annemarie Bruhns · Herstellung: Harry Heiß
ISBN 3-442-00044-0

1

Über dem finsteren Portal waren die Worte ›PARCERE SUBIECTIS ET DEBELLARE SUPERBOS‹ eingemeißelt.

Jonny Gray pflegte dies für seine weniger gebildeten Gefährten mit ›prächtige Subjekte‹ zu übersetzen. Mit ›die Unterworfenen schonen – die Übermütigen besiegen‹ hätte er auch gar nichts anfangen können.

Tag für Tag zogen er und Lal Morgon einen Handkarren durchs Tor und den steilen Hang hinauf. Tag für Tag steckte der rotbärtige Torwächter seinen Schlüssel in das mächtige, glänzende Schloß, die schweren Torflügel schwangen zurück und der kleine Zug, mit je einem bewaffneten Wärter an der Spitze und am Schluß, schritt hinaus. Um vier Uhr nachmittags langten sie müde wieder vor dem Portal an und warteten, bis sie mit ihrem Handkarren eingelassen wurden.

Sie kannten das Gelände bis zum Überdruß – die elenden Baracken, deren Pechverkleidung gegen die Stürme der Dartmoorgegend Schutz bieten sollte, das niedrige Kontor, die Kantine, die Wäscherei, die alte Bäckerei, den Hof und das geborstene Asphaltpflaster, die häßliche, prunkvoll verzierte Kirche mit den langen, abgescheuerten Bänken und den erhöhten Sitzen für die Wärter, den Friedhof, auf dem die erlösten ›Lebenslänglichen‹ von ihren Mühen ausruhten.

In diesem Frühjahr baute die Arbeitsgruppe, zu der Jonny und Lal gehörten, einen Schuppen. Sie betätigten sich dabei als Maurer und mochten diese Arbeit ganz gern. Man konnte sich bei einer solchen Beschäftigung freier unterhalten, und Jonny Gray hörte sich an, was Lal Morgon über den ›großen Drucker‹ zu sagen wußte.

»Nicht zuviel schwatzen«, mahnte der diensttuende Wärter von Zeit zu Zeit.

»Nein, natürlich nicht, Sir«, beschwichtigte ihn dann Lal.

Lal war ein dürrer ›Lebenslänglicher‹ von fünfzig Jahren, der nur den einen Ehrgeiz kannte, lange genug zu leben, um sich noch eine neue Zuchthausstrafe verdienen zu können. Und das wollte er, wie er sich an einem dieser Tage ausdrückte, nicht mit einem dämlichen Einbruch bewerkstelligen.

»Auch nicht mit einer Schießerei wie der alte Legge – oder einem Schwindel mit Spider King, wie du dir's eingebrockt hast.«

»Ich hab's mir nicht eingebrockt durch einen Schwindel mit Spider King«, sagte Jonny ruhig. »Ich wußte nicht, daß Spider King eingeschmuggelt war, daß überhaupt ein ganz anderes Pferd auf der Rennbahn war, das sie wie Spider King zurechtgestutzt hatten, um mich hereinzulegen. Ich beklage mich nicht darüber.«

»Ich weiß, daß du unschuldig bist – wie alle hier«, seufzte Lal gutmütig. »Ich bin der einzige Schuldige hier. Das sagt auch der Direktor. ›Morgon‹, sagte er, ›es tut meinem Herzen wohl, einen schuldigen Menschen zu treffen, der nicht das Opfer widriger Umstände ist wie alle andern!‹«

Jonny ging nicht weiter auf dieses Thema ein. Wozu auch? Die Tatsachen waren über jeden Streit erhaben. Über die großen Schwindeleien, die auf der Rennbahn vor sich gingen, war er völlig im Bild gewesen und hatte mit den Leuten, die auf eingeschmuggelte Pferde wetteten, in Verbindung gestanden. Und die drei Jahre Zuchthaus, die ihm angedreht worden waren, hatte er ohne Berufung, ohne Klage hingenommen; nicht, weil er die Tat, die ihm vorgeworfen wurde, begangen hätte – es gab einen andern Grund.

»Wenn sie dir die Schuld aufpackten«, nahm der alte Lal den Faden wieder auf, »dann eben nur, weil du ein Dummkopf warst. Dazu sind die Dummköpfe da – um es aufgepackt zu bekommen. Was sagte der alte Kane dazu?«

»Ich habe Mr. Kane nicht mehr gesehen«, erwiderte Jonny kurz.

»Er meinte auch, du wärst ein Dummkopf«, teilte Lal befriedigt mit. »Gib mir einen Ziegel, Gray, und halt den Mund! Da kommt der großnasige Schinder.«

Der ›großnasige Schinder‹ war nicht ärger als irgendein anderer Wärter. Er kam dahergeschlendert, und aus seiner Tasche schaute der Knüppel mit dem abgenutzten Griff und dem daran baumelnden Faustriemen hervor.

»Nicht soviel schwatzen!« befahl er mechanisch.

»Ich verlangte nur einen Ziegel, Sir«, entschuldigte sich Lal unterwürfig. »Diese Sendung ist nicht so gut wie die letzte.«

»Das habe ich bereits bemerkt.« Der Wärter betrachtete prüfend einen Halbziegel mit dem mißbilligenden Blick des Kenners.

»Das glaub' ich, daß Sie es bemerkt haben!« heuchelte Lal, doch als der Wärter weiterging, sagte er hämisch: »Der kann einen Ziegel nicht von seiner Schnapsnase unterscheiden! Das ist übrigens der Kerl, den der alte Legge bestochen hat, als er hier war; er ließ sich jeden zweiten Tag Privatbriefe hereinbringen. Aber der alte Legge hatte Geld. Er und Peter Kane sprengten die Stahlkammer der Orsonic und machten sich mit einer Million Dollar davon. Den Peter haben sie nie festgekriegt, doch Legge war leichtsinnig. Er schoß einen Polypen nieder und bekam lebenslänglich . . .«

Jonny hatte Legges Lebensgeschichte schon hundertmal gehört, aber für Lal Morgon war jede Geschichte, wenn er sie erzählte, neu.

»Deshalb haßt er Peter«, erzählte Lal weiter. »Und deshalb werden sie, er und der junge Legge, den Peter noch kriegen. Der junge Legge ist ein scharfer Kerl, dreißig Jahre alt und der größte Notenfälscher der Welt! Keine Noten von der gewöhnlichen Sorte – allen Sachverständigen steht der Verstand still, wenn sie Legge juniors Banknoten sehen. Sie können sie von den echten Lappen der Bank von England nicht unterscheiden. Polizei und Geheimdienst sind ihm seit Jahren auf den Fersen, haben ihn aber nie erwischt.«

Der Tag war warm. Lal zog seine rot und blau gestreifte Jacke aus. Er trug wie die anderen Arbeiter fleckige gelbe Hosen mit dem aufgedruckten, verblaßten Zeichen des Zuchthauses. Das Hemd war aus grober Baumwolle, weiß, mit schmalen Streifen.

»Du bist dem jungen Jeff nie begegnet?« fragte Lal und strich gemächlich einen Mörtelklumpen glatt.

»Gesehen schon – kennengelernt nicht«, antwortete Jonny

finster, und Morgon blickte auf. »Er hat mich ins Loch gebracht.« Nach dieser Eröffnung äußerte Lal seine Überraschung durch ein Neigen des Kopfes, das einer Verbeugung lächerlich ähnlich sah. »Ich weiß nicht, warum«, sagte Jonny, »aber ich weiß, daß er den Schwindel inszenierte und mich veranlaßte, das Pferd ins Rennen zu bringen, und dann hat er gepfiffen. Bis dahin wußte ich nicht, daß der angebliche Spider King in Wirklichkeit der geschickt zurechtgestutzte Boy Sounders war.«

»Pfeifen ist scheußlich!« Lal nickte betroffen. »Und noch dazu Emanuel Legges Sohn! Warum hat er das getan? Hast du ihn mit dem Geld erwischt?«

Jonny schüttelte den Kopf.

»Ich weiß es nicht. Wenn es wahr ist, daß er Peter Kane haßt, mag er es aus Rache getan haben, da er weiß, daß ich mich mit Peter gut vertrage und ... Kurz, ich mag Peter gut. Er warnte mich davor, mit der Bande zu verkehren, die auf den Rennen ...«

»Wollt ihr wohl aufhören mit dem Geschwätz!«

Um vier Uhr sammelte sich der Arbeitstrupp und marschierte den schmalen Weg hinab auf das Gefängnistor zu. Um halb fünf schlug die gelbe Zellentür metallisch klirrend hinter Jonny ins Schloß.

Es war eine hohe, gewölbte Zelle, und die zusammengelegten farbigen Bettdecken gaben ihr sogar einen gewissen heiteren Anstrich. Auf einem Brett in der Ecke stand die Fotografie eines Foxterriers.

Jonny füllte einen Becher mit Wasser und blickte, während er ihn austrank, auf das vergitterte Fenster. Gleich mußte sein Tee kommen, und danach galt es, sich die Zeit zu vertreiben, so gut es ging. Solange es hell war, konnte er lesen. Ein Band Reisebeschreibungen lag auf dem Tisch. Er konnte auch auf einer Schiefertafel schreiben, Pferde und Hunde zeichnen, Rechenaufgaben lösen, Verse machen oder – nachdenken. Das war die schlimmste von allen Beschäftigungen.

Er schritt durch die Zelle und nahm das Foto herunter. Die Ränder waren vom vielen Anfassen weich und fransig. Der Hund blickte ihm aus dem Bild direkt in die Augen.

»Schade, daß du nicht schreiben kannst, alter Spot!«

Er stellte das Foto auf seinen Platz zurück. Andere konnten schreiben und taten es nicht. Marney hatte seit langer Zeit nicht mehr geschrieben, und Peter Kane erwähnte sie fast nie, höchstens einmal eine Andeutung: ›Marney geht es gut‹, das war alles. Aber in dieser kurzen Bemerkung war alles enthalten – Peters Widerstand, der Beschluß, daß seine Tochter keinen Mann heiraten durfte, auf dem der Makel einer Gefängnisstrafe lag. Peters Vergötterung seiner Tochter grenzte an Manie, ihr Glück, ihre Zukunft standen für ihn an erster Stelle.

Peter mochte ihn gut – Jonny wußte es. Die Neigung, die er ihm entgegenbrachte, war die eines Vaters zu seinem erwachsenen Sohn. Wenn er nicht in das Netz verstrickt worden und ins Strafgefängnis geraten wäre, hätte Peter ihm Marney gegeben, genauso wie sie selbst bereit gewesen wäre ...

»So ist es«, sagte Jonny vor sich hin.

Der Tee kam, das letzte Zuschließen, tiefe Stille – und wieder die Gedanken.

Warum hatte Jeff Legge ihn in die Falle gelockt? Er hatte diesen Banknotenfälscher ein einziges Mal, mehr durch Zufall, gesehen, nie jedoch näher kennengelernt. Der junge Legge konnte nicht wissen, daß der Mann, den er verpfiffen hatte, ihn kannte.

Schlüssel klirrten, das Schloß knackte. Jonny erhob sich. Er hatte vergessen, daß der Kaplan ihn an diesem Abend besuchte.

Die Tür schloß sich hinter dem Geistlichen.

»Setzen Sie sich, Gray.« Er nahm neben Jonny auf dem Bett Platz.

Seltsamerweise nahm er den Faden von Jonnys Gedanken dort auf, wo er sie unterbrochen hatte.

»Ich möchte Ihre ehrliche Meinung hören. Dieser Legge, den Sohn meine ich – wie stehen Sie dazu? Es taugt nichts, über wirkliche oder eingebildete Kränkungen zu brüten. Sie nähern sich dem Ende Ihrer Gefangenschaft. Wenn Sie die Möglichkeit haben, Ihrem Groll Luft zu machen ... Gray, ich möchte Sie hier nicht wiedersehen!«

»Sie werden mich hier auch nicht wiedersehen! Was Jeff Legge betrifft, ich habe oft über ihn nachgedacht. Ich weiß wenig von ihm, obwohl ich einiges gehört habe.«

»Man nennt ihn den ›großen Drucker‹, nicht wahr? Daß er Europa mit falschen Noten versorgt, ist mir natürlich bekannt, auch daß es der Polizei nicht gelungen ist, ihn zu fassen. Das ist doch Jeff Legge?« Jonny gab keine Antwort, und der Kaplan lächelte ein wenig mißvergnügt. »Du sollst nicht verraten – das elfte Gebot, nicht wahr?« fragte er gutmütig. »Ich fürchte, ich bin indiskret gewesen. Wann ist Ihre Gefangenschaft zu Ende?«

»In sechs Monaten. Es wird mir nicht leid tun.«

»Was wollen Sie anfangen? Haben Sie etwas Geld?«

»Ja, ich habe dreitausend im Jahr. Dieser Umstand ist aus gewissen Gründen bei der Untersuchung nicht bekanntgeworden. Nein, am Geld hapert es nicht bei mir, und ich gedenke auch nicht, meine Vergangenheit Lügen zu strafen.«

»Das heißt, daß Sie nicht die Absicht haben, Ihren Namen zu ändern«, meinte der Kaplan mit einem Augenzwinkern. »Nun, mit dreitausend im Jahr, da kann ich mir denken, daß Sie nicht hierher zurückkehren.« Er griff in die Tasche und zog einen Brief hervor. »Ach ja, fast hätte ich es vergessen – der Vizedirektor hat ihn mir für Sie mitgegeben. Er ist heute früh gekommen.«

Der Brief war, wie alle Briefe für Sträflinge, geöffnet. Jonny warf einen oberflächlichen Blick auf den Umschlag – er kam nicht, wie er erwartet hatte, von seinem Verteidiger. Er trug die kühnen Schriftzüge Peter Kanes; der erste Brief von ihm seit sechs Monaten. Jonny wartete, bis der Kaplan gegangen war, dann riß er den Brief aus dem Umschlag. Es waren nur wenige Zeilen:

›Lieber Jonny, ich hoffe, daß das, was ich Dir mitteilen muß, Dich nicht allzusehr aufregt. Marney heiratet Major Floyd aus Toronto. Ich weiß, daß Dein Herz groß und selbstlos genug ist, um ihr Glück zu wünschen. Der Mann, den sie heiratet, ist ein anständiger Kerl, der sie glücklich machen wird.‹

Jonny legte den Brief auf den Tisch. Die Hände auf dem Rükken, schritt er zehn Minuten lang in seiner schmalen, langen Zelle auf und ab. Marney heiratete! Sein Gesicht war blaß und gespannt. Er blieb stehen, füllte den Becher mit Wasser und hob ihn gegen das vergitterte Fenster, das nach Osten ging.

»Viel Glück, Marney!« Er trank den Becher leer.

Zwei Tage später wurde er ins Büro des Direktors gerufen, der ihm eröffnete:

»Gray, ich habe gute Nachricht für Sie! Sie sollen sofort entlassen werden. Soeben habe ich den Befehl erhalten.«

»Ich danke Ihnen, Sir.«

Ein Wärter führte ihn in ein Badezimmer und danach in einen Ankleideraum, wo seine Zivilkleider auf ihn warteten. Er zog sie mit einem seltsam ungewohnten Gefühl an und kehrte in seine Zelle zurück. Der Wärter brachte ihm einen Spiegel und einen Rasierapparat.

Der Rest des Tages gehörte ihm. Er war ein bevorzugter Mensch und durfte in seiner ungewohnten Kleidung im Gefängnis umherwandern, beneidet von den Männern, die seine Gefährten gewesen waren. Die letzte Nacht in der Zelle konnte er nicht schlafen. Die Gedanken an Marney ließen ihn nicht los. Keinen Augenblick machte er ihr Vorwürfe, und auch ihrem Vater gegenüber empfand er keine Bitterkeit. Es war nur recht und billig, daß Peter Kane tat, was er für seine Tochter als das beste hielt.

Zum letztenmal drehte sich der Schlüssel in dem mächtigen Schloß. Der rotbärtige Torwächter streckte ihm die Hand hin.

»Viel Glück auf den Weg«, wünschte er, »und kommen Sie nicht wieder ›über die Alpen‹!«

»Ich habe das Bergsteigen aufgegeben«, erwiderte Jonny.

Ein Wärter begleitete ihn zur Station. Sie hatten Zeit und mußten auf den Zug warten. Jonny versuchte, sich aus einer neuen Quelle noch einige Auskünfte zu verschaffen.

»Nein, ich kenne Jeff Legge nicht«, sagte der Wärter. »Ich kenne den Alten, der bis vor einem Jahr hier war. Aber den kennen Sie ja auch, nicht wahr, Gray?«

»Jeff Legge ist also nie ›über die Alpen‹ gekommen?«

»Nein, nicht in dieses Gefängnis, und soweit ich mich erinnern kann, war er auch nicht in Parkhurst oder Portland. Ich bin an beiden Orten gewesen. Leben Sie wohl, Gray, alles Gute!«

Jonny drückte dem Mann die Hand. Als er im Zug saß, wischte er sich mit seinem seidenen Taschentuch diese letzte Berührung mit dem Zuchthaus von der Hand.

2

Als er am späten Nachmittag in London ankam, erwartete ihn sein Diener auf dem Bahnhof. Der kleine Foxterrier riß an der Leine und kläffte laut, lange bevor Jonny die beiden entdeckte. Doch im nächsten Augenblick zappelte der Hund in seinen Armen, leckte ihm Gesicht, Ohren und Haare und winselte aufgeregt. Jonny unterdrückte seine Rührung, als er Spot auf den Bahnsteig niedersetzte.

»Es sind Briefe für Sie da, Sir. Wollen Sie zu Hause speisen?«

Parker schien das Wiedersehen weniger zu bewegen. Er empfing seinen Herrn wie nach einem kurzen Abstecher nach Monte Carlo.

»Ja, ich speise zu Hause.«

Jonny stieg in das Taxi, das Parker vorher belegt hatte, und Spot sprang ihm nach.

»Kein Gepäck, Sir?«

»Kein Gepäck.«

Als das Taxi die düstere Chapel Street entlangfuhr, fragte Parker mit großer Kühnheit:

»Ich hoffe, Sir, Sie haben keine zu schlechte Zeit hinter sich?«

Jonny lachte.

»Angenehm war es gewiß nicht. Gefängnisse sind es selten.«

»Das glaube ich, Sir«, bestätigte Parker und setzte unnötigerweise hinzu: »Ich war nie im Gefängnis, Sir.«

Jonnys Wohnung lag in Queen's Gate. Beim Anblick seines komfortablen Arbeitszimmers holte er tief Atem.

»Du bist ein Narr«, sagte er laut zu sich selbst.

An diesem Abend suchten einige Menschen still und ohne Aufsehen die Wohnung in Queen's Gate auf. Nach dem ersten Besuch rief Jonny Gray seinen Diener.

»Parker, ich brauche Sie heute abend hier nicht.«

Parker machte ein langes Gesicht, aber er war ein guter Diener.

»Sehr wohl, Sir.« Er ging hinaus und fragte sich sorgenvoll, was für verzweifelte Pläne sein Herr wohl aushecken mochte.

Um halb elf verabschiedete sich der letzte Besucher.

»Ich will morgen Peter aufsuchen«, sagte Jonny, als sie in den Korridor hinaustraten. »Sie wissen nichts über diese Hochzeit, wann sie stattfinden soll?«

»Nein, Captain. So vertraut bin ich mit Peter nicht.«

»Wer ist der Bräutigam?«

»Auf jeden Fall ein feiner Herr. Peter versteht seine Sache. Ein Major der kanadischen Armee, hörte ich.«

Als Parker um ein Viertel nach elf heimkehrte, saß sein Herr vor dem Kamin und verbrannte Papiere.

3

Am folgenden Nachmittag, bald nach der Lunchzeit, kam Jonny in Horsham an. Keiner, der die kräftige Gestalt die Horsham Road hinaufschreiten sah, hätte vermutet, daß er vor weniger als achtundvierzig Stunden noch in einer Sträflingszelle gesessen hatte. Er war gekommen, den letzten Verzweiflungskampf um sein Glück auszufechten. Wie er ausgehen würde, welche Gründe er anführen sollte – er wußte es nicht. Es gab einen, nur einen einzigen, doch den konnte er nicht geltend machen.

Als er in die Down Road einbog, sah er dort zwei große Limousinen, eine hinter der andern, stehen. Das Gutshaus Manor Hill stand etwas abseits vom Dorf. Es war ein solider, roter Backsteinbau, an dem Klematis emporrankte, was ihm einen heiteren Anstrich gab. Jonny vermied die vorderen Eingänge und benützte einen Seitenpfad, der zum großen Rasenplatz hinter dem Haus führte, auf dem, wie er wußte, Peter sich um diese Tageszeit zu sonnen pflegte.

Hinter dem Haus blieb er stehen. Ein hübsches Stubenmädchen sprach mit einem ältlichen Mann, der die Livree eines Butlers trug. Sein faltiges Gesicht legte sich vor Unbehagen in noch tiefere Falten. Den Kopf hielt er horchend vorgebeugt, obgleich selbst ein Tauber hätte hören können, was das Mädchen auf ihn einredete.

»Ich weiß nicht, bei was für Leuten Sie gedient haben, ich kann Ihnen nur eines sagen – wenn ich Sie nochmals in meinem

Zimmer dabei ertappe, wie Sie in meinen Sachen kramen, sage ich es Mr. Kane. Ich verbitte mir das!«

»Ja, Miss«, erwiderte der Butler mit heiserer Stimme.

Jonny wußte, da er ihn kannte, daß nicht etwa die peinliche Situation es war, die diese Heiserkeit verursachte. Barney Ford war schon immer heiser gewesen, sozusagen heiser zur Welt gekommen.

»Wenn Sie Einbrecher sind und nicht aus der Übung kommen wollen, gut, das kann ich verstehen«, schalt das Mädchen zornig weiter, »aber Sie sollen ein anständiger Mensch sein! Ich mag dieses heimliche Schnüffeln und Schleichen nicht, verstehen Sie? Ich will es nicht!«

»Nein, Miss«, bekräftigte Barney heiser.

John Gray machte die Szene Spaß. Er kannte Barney gut. Als Peter Kane es angezeigt fand, sich von seinem gefahrvollen Beruf zurückzuziehen, hatte auch Barney die dunkleren Pfade des Lebens verlassen. Der Exsträfling, Exeinbrecher und Exboxer hatte seine Vergangenheit gewissermaßen wiedergutgemacht durch die Anhänglichkeit, die er seinem Brotgeber auch unter den veränderten Umständen bewahrte, obgleich man sich kaum einen schlechteren Haushofmeister als ihn denken konnte.

Natürlich schnüffelte Barney – eine alte Gewohnheit, die einst recht nützlich gewesen sein mochte. Doch jetzt vertrieb er damit nur die Dienstboten aus dem Haus. Peter fluchte und drohte vergeblich, er konnte seinen Diener nicht mehr ändern.

Das Mädchen war hübsch. Dunkelblondes Haar, schlanke Gestalt, ihr Gesicht glühte vor Ärger, die dunklen Augen schossen Blitze. Sie bemerkte Gray nicht, als sie sich rasch abwandte und ins Haus lief. Barney sah ihr versunken nach.

Jonny trat hinter ihn.

»Sie haben Sie aufgebracht!«

Barney Ford fuhr herum und glotzte, sein Unterkiefer sank herab.

»Guter Gott, Jonny! Wann sind Sie aus dem College herausgekommen?«

Gray lachte leise.

»Gestern lief mein Termin ab. Was macht Peter?«

Der Diener schneuzte sich erst heftig, ohne den Blick von dem unverhofften Besucher zu lassen.

»Wie lange sind Sie schon hier?« fragte er endlich unruhig.

»Ich kam gerade zum Schluß Ihrer Unterhaltung«, antwortete Jonny belustigt. »Barney, Sie haben sich nicht gebessert!«

Barney Ford verzog das Gesicht, bis es etwas wie Verachtung ausdrückte.

»Was weiß die vom Leben? – Sie haben also Peter noch nicht gesehen? Er ist im Haus. Ich will es ihm gleich sagen. Ihm geht es ganz gut. Völlig hin von seiner Tochter! Küßt den Boden, den sie betritt. Es ist unnatürlich, seine Kinder so zu lieben. Ich hab' es nie so gemacht ...«

Sie hörten Schritte auf dem Steinboden des Flurs und wandten die Köpfe. Auf der obersten Treppenstufe stand, weißhaarig, noch immer kerzengerade mit seinen sechzig Jahren, Peter. Er runzelte die Stirn, zögerte, aber dann streckte er die Hand aus. Mit einem strahlenden und doch verwirrten Gesicht eilte er herbei.

»Well, Jonny, mein Junge, du hast eine schlimme Zeit hinter dir?« In seiner Stimme klang, wie früher, Zuneigung und Stolz.

»Recht schlimm, aber jedes Mitleid mit mir ist deplaciert. Persönlich gebe ich Dartmoor vor Parkhurst den Vorzug – die Arbeit ist schwer, doch gibt es weniger Schwachköpfe.«

Peter nahm Grays Arm und führte ihn zu einem Stuhl unter dem großen Sonnenschirm, der in der Mitte des Rasens aufgespannt war. In seinem Verhalten lag eine gewisse Verlegenheit.

»Jonny, mein Junge, hast du – dort – jemand getroffen, den ich kenne?«

»Legge.«

Sie sahen sich an.

»An den dachte ich gerade. Was macht er?« Peters Frage sollte gleichgültig klingen, aber er wartete gespannt auf die Antwort.

»Er ist seit sechs Monaten draußen – wußtest du es nicht?«

»Seit sechs Monaten?« Peters Gesicht verfinsterte sich. »Bist du sicher?«

»Ja.«

»Ich wußte es nicht.«

»Ich dachte, du hättest von ihm gehört. Er kann dich nicht leiden!«

»Das weiß ich. Hast du Gelegenheit gehabt, mit ihm zu sprechen?«

»Sehr oft. Er war im Waschhaus und bestach zwei Wärter, so daß er tun konnte, was er wollte. Er haßt dich, Peter. Er sagte, du hättest ihn ins Loch gebracht.«

»Er ist ein Lügner. Ich würde meinen ärgsten Feind nicht ins Loch bringen. Er hat sich selbst hineingebracht. Die Polizei gilt als schlau, aber in Wahrheit verhaftet jeder zweite Verbrecher sich selbst. Die wenigsten sind wirklich klug. Sie tragen Handschuhe, um keine Fingerabdrücke zu hinterlassen, und dann schreiben sie ihre Namen ins Fremdenbuch ein. Legge und ich erbrachen die Stahlkammer der Orsonic und entkamen mit hundertzwanzigtausend Pfund in amerikanischer Währung. Das war mein letztes Geschäft. Zu entkommen war kinderleicht gewesen, doch Emanuel begann damit zu renommieren, was für ein schlauer Bursche er wäre, vor allem, wenn er einen Schluck zuviel getrunken hatte. Ein ehrlicher Mann kann trinken und trotzdem in seinem eigenen Bett aufwachen – ein Dieb jedoch, der trinkt, sagt dem Kerkermeister guten Morgen.« Peter Kane brach das Thema ab und fragte: »Jonny, du bist doch nicht etwa traurig, oder –?« Er legte ihm die Hand auf die Schulter.

Jonny antwortete nicht.

»Oder doch?«

»Marneys wegen? Nein, nur . . .«

»Alter Junge, ich mußte es tun.« Peter sprach eindringlich, beschwörend. »Du weißt, was sie für mich bedeutet. Ich mochte dich gut genug, um nichts dagegen zu haben. Aber als sie dich fortschleppten, hab' ich es mir ernstlich durch den Kopf gehen lassen. Bedenk doch, wenn sie danach noch deine Frau geworden wäre, es hätte auch sie zugrunde gerichtet. Es stand sowieso schon schlimm genug. Und da kam dieser Bursche, ein solider Kerl, ein Gentleman. Er wird dir gefallen. Und sie liebt ihn.«

Eine Stille trat ein.

»Ich habe nichts gegen ihn. Das wäre auch sinnlos. Nur, bevor sie heiratet, möchte ich sagen . . .«

»Bevor sie heiratet? Jonny, hat Barney dir nichts gesagt? – Sie ist heute früh getraut worden.«

»Getraut?« wiederholte Jonny mechanisch.

Marney verheiratet – das war unglaublich und unbegreiflich!

»Heute morgen getraut, ja. Er wird dir gefallen. Keiner von uns, alter Junge, er ist anständig wie ... Well, du verstehst, was ich meine? Ich habe all die Jahre für sie gearbeitet. Es wäre eine Niederträchtigkeit von mir gewesen, wenn ich ihre Zukunft aufs Spiel gesetzt hätte.«

Peter Kane wußte, daß er diesen Mann tödlich verwundet hatte, und suchte ständig nach neuen Rechtfertigungen.

Jonny hielt die Hand vor die Augen, als ob ihn die Sonne blende.

»Ich hätte telegrafieren sollen ...«

»Das hätte nichts geändert – nichts ließ sich ändern, Jonny, nichts. Bis vor fünfzehn Jahren bin ich ein Dieb gewesen. Sie weiß es nicht. Selbst wenn du unschuldig verurteilt worden bist – die Ungewißheit hätte ich nicht ertragen. Lassen wir es also. – Craig ist heute hier.«

»Craig – von der Kriminalpolizei?«

»Wir sind gute Freunde, schon seit Jahren.«

Sie sahen den Butler herankommen.

»Peter«, flüsterte er mit seiner heiseren Stimme, »es ist noch ein Heimkehrer gekommen – alle kommen sie heute ...«

»Wer?«

»Emanuel Legge – widerlicher als je.«

Kanes Gesicht wurde starr wie eine Maske.

»Wo ist Miss Marney – Mrs. Floyd?«

»Sie zieht ihren Hochzeitsstaat und den Schmuck wieder an«, berichtete Barney. »Sie hatte alles schon abgelegt, aber soeben kam der Fotograf und stellte seinen Kram im Vordergarten auf. Ich sagte zu Marney ...«

»Du bist ein alter Schwätzer«, unterbrach ihn Peter finster. »Laß Emanuel herein! – Willst du ihn sehen, Jonny?«

Gray erhob sich.

»Nein. Ich will unterdessen durch deinen sogenannten Rosengarten wandern. »Ich mag nichts hören und sehen, was mich an den ›Ort der Qual‹ erinnert.«

Er verschwand durch eine Öffnung in der Buchsbaumhecke am unteren Ende des Rasenplatzes. Gleich darauf erschien Barney mit dem Besucher.

Emanuel Legge war ein kaum mittelgroßer Mann von schmächtiger Gestalt, mit hagerem Gesicht, spärlichem, grauem Haar und einer Hornbrille. Er trug einen schäbigen, zerknitterten Anzug. Um so auffallender wirkten die offensichtlich neuen, grellgelben Schuhe. Einige Sekunden lang blieb er stehen und betrachtete mit erhobenem Kinn und zusammengekniffenen Lippen den Schauplatz. Zuletzt faßte er den Hausherrn ins Auge. Seine blaßblauen Augen blinzelten kalt.

Peter Kane brach zuerst die peinliche Stille.

»Well, Emanuel, komm und setz dich!«

Legge kam langsam näher.

»Ein hübsches Gut, Peter, gar nicht übel – alles vom Besten, wie? Das glaub' ich! Du hast auch noch den alten Barney, wie ich sehe. Hat er sich auch gebessert? So heißt es doch, nicht wahr – gebessert?«

Er sprach mit einer dünnen, klagenden Stimme.

»Er stiehlt nicht mehr, wenn du das meinst«, sagte Peter.

Das Gesicht des Besuchers verzog sich.

»Du solltest dieses abschätzige Wort nicht in den Mund nehmen, Peter. Wie lange wohnst du schon hier?«

»Gegen vierzehn Jahre.«

Legge zog seinen Sessel herum, bis er Kane nahe gegenübersaß.

»Ah!« Er seufzte. »Ein sehr bequemes Leben, reichliches Essen, Ausgehen und Heimkehren, wann es einem paßt. Solche vierzehn Jahre laß ich mir gefallen. Besser, als wenn jeden Nachmittag um vier ein Schlüssel sich hinter dir herumdreht. Princetown ist immer dasselbe alte Nest ... Ach, ich vergaß, du bist nie dort gewesen.«

»Ich bin im Auto durchgefahren«, sagte Peter mit Überlegung.

»So, du bist im Auto durchgefahren!« Legge lachte höhnisch. »Warum hast du's nicht angekündigt? Ich hätte flaggen lassen!

Du bist also durchgefahren!« Er spie diese Worte buchstäblich aus.

»Eine Zigarre?«

»Nein, danke.« Eine wegwerfende Handbewegung. »Hab's mir abgewöhnt. In fünfzehn Jahren gewöhnt man sich vieles ab. Manches gewöhnt man sich auch an. Fünfzehn Jahre sind eine lange Zeit.«

»Der Mann, auf den du geschossen hast, wäre mit weniger zufrieden gewesen. Er starb nach zwei Jahren.«

»Hoffentlich ist der verdammte Hund in der Hölle!« Die dünnen Lippen zuckten, die schmächtige Gestalt verkrampfte sich vor Wut. »Und du? Ist es dir nicht gut gegangen? Ein schönes Haus, Bediente, Autoreisen – du hast es verstanden!«

»Ja.«

»Man läßt seinen Kameraden im Stich und macht sich aus dem Staub, wie? Jeder ist sich selbst der Nächste, das ist das Gesetz der Natur, nicht wahr? Und wenn man fürchtet, daß er schwatzen könnte, schickt man ein Wörtchen an die Stelle, die sich mit dem Fall befaßt, läßt ein paar Hunderter springen und prost Mahlzeit!« Er wartete, bekam aber keine Antwort. »So hat man's doch gemacht, nicht wahr?«

Kane zuckte die Achseln.

»Ich weiß nicht – man ist nie zu alt, um etwas dazuzulernen.«

»Aber so hat man's gemacht?« wiederholte Legge. »So kommt man nicht in den Kasten, wie?«

»Ich will nicht mit dir streiten«, sagte Peter.

»Du hast dieses Haus nicht für ein Butterbrot gekauft. Ich bin ein schlechter Rechner. Was ist die Hälfte von zweihunderttausend?«

Peter Kane schwieg.

»Hunderttausend, nicht wahr? Ich habe sechzigtausend erhalten – du schuldest mir noch vierzig.«

»Wenn du die Sache mit dem Schiff, der Orsonic, meinst, es brachte uns keine vollen hundertzwanzigtausend Pfund ein. Du hast sechzigtausend erhalten, also mehr als deinen Anteil. Ich zahlte sie auf deine Bank ein an dem Tag, als du dich auf die Reise machtest.«

Ein skeptisches Lächeln erschien auf Legges Gesicht.

»In den Zeitungen stand – eine Million Dollar.«

»Du glaubst doch nicht, was in den Zeitungen steht, wie? Du wirst kindisch, Emanuel! Was hast du vor? Heraus damit!«

»Ich verlange nur, was recht und billig ist.« Als Peter höhnisch lachte, fuhr ihn Legge an: »Komisch, nicht wahr? Du kannst dir erlauben, über einen alten Kameraden zu lachen, der fünfzehn Jahre im Kasten saß!«

»Wenn du fünfzig Jahre in der Hölle gesessen hättest, ich würde trotzdem lachen.«

»Du würdest lachen? Wirklich? Nun hör mal zu! Du hast eine Tochter, nicht wahr? Sie ist jung. Hat heute Hochzeit gemacht, nicht?«

»Ja.«

»Ein feiner Mann, wie? Geldheirat. Und er weiß nicht, wer du bist, Peter?«

»Was willst du damit sagen? Glaubst du, auf diese Weise vierzigtausend kriegen zu können?«

»Du hast nie in einer dumpfen Zelle gesessen, in der der Sumpfnebel an den Wänden hängt, und gedacht, gedacht –. Ich habe einen Sohn, und ich weiß, daß man Menschen durch ihre Kinder treffen kann.«

Peter Kane richtete sich drohend auf.

»Wenn du das meinst – wenn du es darauf abgesehen hast . . .« Er schlug sich mit der Faust wild auf die Brust. »An dem Tag – bringe ich dich um!«

Legge drückte sich besorgt in seinen Stuhl zurück.

»Was soll das Gerede von Umbringen? Ich verlange nur, was recht ist. Du bist nun mal in sie vernarrt, das weiß jeder. Dieser Gray war auch in sie verliebt. Dich, Peter, werd' ich kriegen – durch sie . . .«

Weiter kam er nicht. Eine eiserne Hand packte ihn am Kragen, riß ihn aus dem Sessel und schleuderte ihn auf den Rasen. Peter Kane sprach kein Wort, er zog die gekrümmte Gestalt hoch und schleppte sie hinter sich her, am Haus entlang, durch den Garten, zum Tor. Ein kräftiger Stoß – Emanuel Legge taumelte auf die Landstraße hinaus.

»Komm ja nicht wieder!« rief ihm Peter nach und kehrte um.

Jonny Gray hatte von den beiden Männern und ihrem Auftritt nichts sehen und hören können. Unterhalb der Buchsbaumhecke, durch die er sich verdrückt hatte, führte zunächst eine Treppe über drei Terrassen abwärts. Weiter unten zog sich ein sanfter Wiesenhang bis zu einem kleinen Fluß hinab. Ein wunderbares Gelände – Jonny setzte sich auf eine Marmorbank neben einer großen Libanonzeder. Er dachte an diese Heirat. Als er ein schrilles, hysterisches Geschrei vernahm, sprang er auf und eilte die breiten Terrassenstufen hinauf.

Es war Legge, der von der Straße her Verwünschungen und Drohungen gegen die Kane-Tochter ausstieß. Niemand war auf dem Rasen, nur Barney deckte im Garten einen Tisch. Jonny überquerte den Rasen, kam zum Haus. Aus einer offenen Verandatür schimmerte ihm etwas Weißes entgegen. Ein Mädchen im Brautgewand streckte ihm die Hände hin. Marney!

»Jonny!«

Dann fiel sein Blick auf das lächelnde Gesicht des jungen Ehemannes, dieses ›trefflichen‹ Menschen, dem Peter seine Tochter anvertraut hatte. Einen Augenblick trafen sich ihre Blicke. Gray zuckte mit keiner Wimper, als er mit einem Schlag alles begriff.

Der Gatte der Frau, die er liebte, war Jeff Legge, der Schurke und Banknotenfälscher, der sich zusammen mit dem alten Legge geschworen hatte, Peter Kane hereinzulegen.

Hatte er sich etwas anmerken lassen? fragte sich Jonny einen Augenblick. Ein Sturm von Gefühlen tobte in ihm. Das Gesicht des jungen Legge erschien ihm grotesk entstellt wie in einem Zerrspiegel. Er spürte den fast unwiderstehlichen Drang, sich auf ihn zu stürzen, doch äußerlich blieb er unbewegt. Und kein Beobachter hätte behaupten können, daß er blaß geworden wäre, denn in Dartmoor hatten Sonne und Wind sein knochiges Gesicht mahagonibraun gefärbt.

Die Erkenntnis hatte ihn wie ein Stoß und so unerwartet getroffen, daß er für eine ganze Weile weder etwas sagen noch sich rühren konnte. Major Floyd – Jeff Legge! Gray durchschaute den teuflischen Plan. Darin bestand Emanuels Rache – seinen Schurkensohn mit Peter Kanes Tochter zu verheiraten.

Jeff beobachtete Gray scharf. Peter Kane stieß mit besorgtem Gesicht zu der Gruppe, und in einiger Entfernung starrte Barney mit offenem Mund vor sich hin. Jonny hatte sich gefangen, er sah Marney an und lächelte mechanisch.

»Sind Sie glücklich?« fragte er leise.

»Ja, o ja, ich bin glücklich verheiratet – das meinen Sie doch, nicht wahr? Ich bin sehr ... Jonny, war es schrecklich? Ich habe immer an Sie gedacht, obwohl ich nicht geschrieben habe. Nachdem ... Hat es Sie sehr gekränkt, Jonny?«

»In Dartmoor darf man alles sein – nur nicht gefühlvoll. Sind Sie glücklich?«

Sie sah ihm nicht in die Augen.

»Sie stellen diese Frage zum zweitenmal in einer Minute. Wäre es nicht häßlich, wenn ich ja sagen würde? Wollen Sie nicht Jeffrey kennenlernen?«

»Natürlich will ich das.«

Er wandte sich Jeff Legge zu.

»Ich möchte dich mit Captain Gray bekannt machen – ein sehr alter Freund von mir«, sagte sie stockend.

Legge ergriff seine Hand.

»Ich freue mich, Sie kennenzulernen, Captain Gray. Es war nett von Ihnen, zu kommen. Meine Frau hat oft von Ihnen gesprochen.«

Er legte seinen Arm um Marney, ohne Jonny aus den Augen zu lassen. Er wollte beiden weh tun. Sie stand unbeweglich starr, blaß und gespannt.

Sie wußte alles! Dieser Gedanke traf Gray wie ein Schlag. Sie wußte, daß dieser Mann ein Schurke und Betrüger war. Sie kannte den Streich, der ihrem Vater gespielt worden war!

Peter Kane brach das peinliche Schweigen.

»Jonny, das ist der beste Junge für meine Tochter! Du mußt ihn näher kennenlernen. Ich will, daß du dich überzeugst ...«

Jeff Legge lachte.

»Mr. Kane, Sie machen mich furchtbar verlegen. Ich bin bei weitem nicht gut genug für sie –.«

Er beugte sich ihr zu und küßte sie.

Marney riß sich los.

»Ich glaube, das macht Jonny gar keinen Spaß, Papa!«

Ihre Stimme zitterte. Sie war den Tränen nahe.

»Ich verliere nicht so leicht meine gute Laune. – Sie sind Kanadier, Major Floyd?« fragte Jonny.

»Ja – französischer Herkunft, wenn auch mein Name das nicht vermuten läßt. Meine Vorfahren gingen in den sechziger Jahren hinüber – nach Alberta und Saskatchewan, lange bevor es dort eine Bahn gab. – Sie sollten nach Kanada gehen, es würde Ihnen gefallen.«

»Davon bin ich überzeugt. Entschuldigen Sie meine Freiheit, Major Floyd, Sie haben ein sehr nettes Mädchen geheiratet.«

»Das beste von der Welt.«

Barney kam und meldete, daß der Fotograf die Herrschaften erwarte. Peter reichte seiner Tochter den Arm.

4

Jonny hatte sich allein auf die Marmorbank im unteren Teil des Gartengeländes zurückgezogen. Er mußte nachdenken, und zwar schnell. Marney wußte alles. Aber sie konnte nicht sprechen, aus begreiflichen Gründen. Wann hatte Jeff Legge es ihr mitgeteilt? Vielleicht auf dem Rückweg von der Kirche. Ihrem Vater, der ihr Glück für alle Zukunft gesichert glaubte, wagte sie es zuallerletzt zu gestehen. Was hatte Jeff gesagt? Nicht viel, wie Jonny vermutete. Er hatte ihr wohl nur einen Wink gegeben, daß der reizende Major Floyd, den sie kannte, nicht der Major Floyd war, mit dem sie leben sollte.

Es könnte natürlich zwischen Jeff Legge und diesem Major Floyd einfach eine Ähnlichkeit bestehen. Er hatte den Schurken ein einziges Mal gesehen, und auch da nur aus der Ferne. – Nein, ausgeschlossen, Jonny wußte, daß es keinen Zweifel gab.

Er hörte einen leichten Schritt, Kleiderrascheln, und drehte sich um. Es war das Mädchen, das sich heute mittag mit Barney gestritten hatte.

»Mr. Kane läßt fragen, ob Sie an der Gruppe teilnehmen wollen, die fotografiert wird?«

Er antwortete nicht gleich, musterte sie nur interessiert.

»Sagen Sie ihm, ich möchte lieber nicht dabeisein. Dagegen würde ich mich gern mit – Ihnen unterhalten. Vielleicht kommen Sie nachher nochmals her?«

»Nochmals herkommen, Sir?« fragte sie erstaunt.

»Ja, ich möchte mit Ihnen reden.«

Sie stand unentschlossen da.

»Ich weiß nicht, ob Mr. Kane damit einverstanden wäre.« Um ihre Mundwinkel zuckte ein spöttisches Lächeln. »Gut, ich komme.«

Es verging reichlich viel Zeit, aber sie erschien tatsächlich wieder.

»Setzen Sie sich«, sagte Jonny. Er warf seine Zigarette weg und rückte ans eine Ende der Steinbank.

»Rauchen Sie ruhig weiter, Captain Gray.«

»Wie lange sind Sie schon hier?«

»Bei Mr. Kane? Etwa ein halbes Jahr.«

»Eine ganz gute Stellung?«

»O ja, Sir, sehr gut.«

»Wie heißen Sie?«

»Ich heiße Lila. Warum wollen Sie das wissen?«

»Ach, ich finde, wir sollten uns ein wenig näher kennenlernen, Lila . . .« Er nahm ihre Hand, die sie ihm schockiert überließ.

»Ich wußte nicht, daß Sie so unternehmungslustig sind, Mr. Gray – Sie sind doch Captain, nicht wahr?«

»Captain ist bloß ein Ehrentitel, Lila. – Sie werden Ihre Herrin wohl vermissen?«

»Ja, ich werde sie vermissen.«

»Ein nettes Mädchen, oder nicht?«

»Und ein sehr netter Ehemann«, bemerkte sie scharf.

»Finden Sie?«

Sie zuckte die Achseln.

»Er sieht gut aus«, meinte Jonny. »Und ist sehr verliebt in seine Frau.«

»O ja, gewiß«, sagte sie ungeduldig. »Wünschen Sie noch etwas von mir, Captain Gray? Ich habe nämlich sehr viel zu tun.«

»Laufen Sie nicht weg«, rief er im freundlichsten Ton. »Hochzeiten stimmen mich immer romantisch. Was haben Sie denn? Sind Sie etwa in den Major verliebt? Aber der wird auf Jahre hinaus für kein anderes Mädchen Augen haben. Wie sollte er auch! Glauben Sie nicht? Vermutlich hat er schon viele Liebesaffären hinter sich – mit Mädchen, die man nach Belieben haben und sitzenlassen kann.«

Tiefe Röte überzog jetzt ihr ganzes Gesicht. Ihre Augen bekamen einen eigentümlichen Glanz.

»Was wollen Sie? Ich weiß nichts über Major Floyd.« Sie wollte aufstehen, aber er hielt sie am Arm fest.

»Laufen Sie nicht weg, Lila!«

»Ich bleibe nicht hier«, erklärte sie heftig. »Ich möchte weder über Major Floyd noch über sonst jemand Worte verlieren. Wenn Sie wollen, daß ich mit Ihnen . . .«

»Ich will mit Ihnen über die Flitterwochen plaudern. Können Sie sich die beiden in einer Rosenlaube am Comer See vorstellen? Können Sie sich denken, daß er alles Vergangene, alle früheren hübschen Mädchen einfach vergißt?«

Sie riß ihren Arm los und stand auf.

»Worauf spielen Sie an, Gray?« Sie war blaß geworden und ließ ihre Rolle fallen.

»Auf Sie, Miß Lila Sain – und wenn Sie den Versuch machen, davonzulaufen, erwürge ich Sie!«

Sie atmete mit offenem Mund und starrte ihn an.

»Es heißt doch, daß Sie ein Gentleman sind!«

»Es heißt, daß ich Jonny Gray aus Dartmoor bin. Setzen Sie sich! Worum handelt es sich, Lila?«

»Ich verstehe nicht, wovon Sie reden.«

»Jeff Legge hat Sie hier untergebracht, um das Haus für ihn auszuschnüffeln und ihn über alles, was hier vorgeht, auf dem laufenden zu halten.«

»Ich kenne Jeff Legge nicht.«

»Sie lügen. Ich kenne Sie, Lila! Sie treiben sich mit Legge herum und verraten ihm für wenig Geld, was Sie hören. Ich habe Sie oft genug gesehen. Wer ist Mr. Floyd?«

»Fragen Sie ihn doch selbst«, sagte sie trotzig.

»Wer ist Mr. Floyd?« Er packte sie.

»Sie wissen es ja – Jeff Legge.«

»Hören Sie jetzt genau zu, Lila! Wenn Sie zu Jeff gehen und ihm ein Wort sagen, gebe ich Sie beide an. Verstehen Sie mich? Ich bringe Jeff dorthin, wo ich ihn haben will. In Dartmoor jedenfalls ist eine Zelle frei. Das gibt Ihnen einen Stich, wie?« Als sie schwieg, wiederholte er langsam: »Ich bringe ihn dorthin, wo ich ihn haben will, wenn Sie sich nicht an das halten, was ich Ihnen sage. Ich gehe zu Reeder und packe aus . . .«

»Was wollen Sie?«

»Ich will wissen, wohin sie gehen und wo sie sich aufhalten. Ich will genau wissen, was für Zukunftspläne er hat. Sind Sie vielleicht mit ihm verheiratet?« Ein Blick auf ihr Gesicht gab ihm die Antwort. »Nicht? Gut, Lila, es kann noch werden. Haben Sie die schmutzige Arbeit für ihn nicht satt?«

»Vielleicht. Auf jeden Fall können Sie ihm nichts anhaben, Jonny Gray! Er hat Ihr Mädchen, und wenn Sie schwatzen wie eine Schar Elstern, können Sie doch nicht ungeschehen machen, was der alte Pfarrer heute morgen getan hat. Jeff ist zu schlau für Sie. Er wird Sie hereinlegen . . .«

»Wenn er etwas erfährt –!« ergänzte Jonny. »Wenn er aber was erfährt, erfährt Reeder es auch. Haben Sie das begriffen?«

»Was haben Sie vor?« fragte sie nach einer Weile.

»Ich kann Peter nichts sagen, weil er Ihren Jüngling töten würde, und ich habe einen besonderen Grund, nicht zu wünschen, daß Peter an den Galgen kommt. Sie hingegen können Jeff nichts sagen, weil es sonst eine Schwurgerichtsverhandlung geben würde, und wenn er aus dem Zuchthaus käme, wären Sie eine alte Frau. Keine schöne Aussicht, wie? Sagen Sie mir jetzt alles, was Sie über diese Sache zu sagen haben!«

Sie gab nur widerstrebend, ärgerlich und sichtlich beängstigt Auskunft. Jonny Gray machte sich ein paar Notizen in ein kleines Büchlein.

»Jetzt können Sie gehen, mein liebes Kind«, sagte er, als sie zu Ende war.

Sie stand auf und blitzte ihn wütend an.

»Wenn Sie pfeifen, Jonny Gray, kommen auch Sie dran! Ich war nie für diese Heirat, wie Sie sich denken können. Ich wußte, daß der alte Legge es sich so ausgedacht hatte, um es Kane heimzuzahlen. Aber Jeff ist gut zu mir gewesen, und an dem Tag, an dem die Polypen zu ihm kommen, komm' ich zu Ihnen und schieße Sie mausetot, bei Gott!«

»Abgemacht!« sagte Jonny kurz und bündig.

Er wartete, bis sie durch eine der Lücken in der Buchsbaumhecke verschwunden war, ging auf eine andere zu und zuckte zurück. Vor ihm stand Peter Kane. Ein dünner Buchsbaumstrauch verdeckte ihn halb. Auf seinem Gesicht war nichts zu lesen.

5

»Hallo, Jonny! Du machst wohl ein Trostrennen?«

Gray lachte.

»Du meinst das Mädchen? Sie ist recht nett, nicht wahr?«

»Sehr nett.«

Hatte er etwas gehört? Das war die bange Frage, die Jonny sich stellte. Die Marmorbank war kaum drei Schritte von dem Busch entfernt, hinter dem Peter stand. Falls er schon eine Weile da gestanden hatte ...

»Hast du mich gesucht? Bist du schon lange da?«

»Nein, ich sah gerade, wie Lila wegging – ein sehr nettes Mädchen, Jonny, ein ungewöhnlich nettes Mädchen. Ich erinnere mich nicht, ein netteres gesehen zu haben. Worüber habt ihr denn gesprochen?«

»Über das Wetter und die wahre Liebe.«

»Alles unbeständige Dinge, wie?« Peter nahm Jonny am Arm und führte ihn über den Rasenplatz. »Komm und iß, mein Junge. Diese Leute gehen bald weg. Marney zieht sich eben um. Was hältst du von meinem neuen Schwiegersohn?«

Er war unverändert guter Laune. Als sie in den Empfangssalon kamen, und Peter den Arm um die Schulter seines Schwiegersohns legte, atmete Jonny erleichtert auf. Gott sei Dank, er wußte nichts! Die Vorstellung, was geschehen wäre, wenn Peter die Wahrheit entdeckt hätte, peinigte ihn noch eine ganze Weile.

Sechsunddreißig Personen nahmen im Eßzimmer an der Tafel

Platz. Ganz oben saß Marney. Entgegen dem allgemeinen Brauch trug sie ein Reisekleid. Links von ihr saß Peter, neben ihm der Geistliche, der die Trauung vollzogen hatte. Dann kam eine Freundin der Braut und danach ein Mann mit ledernem Gesicht, neben dem Jonny sogleich Platz nahm, nachdem er ihn erkannt hatte.

»Fort gewesen, Jonny?« Kriminalinspektor Craig stellte diese Frage mit so geschickt abgedämpfter Stimme, daß niemand sonst sie hören konnte.

Das ständige Summen der Unterhaltungen und das rauschende Lachen an der Hochzeitstafel trugen dazu bei, daß auch ihr weiteres Gespräch ungestört blieb.

Barney reichte eine Schüssel herum. Craig warf seinem Nachbar einen Seitenblick zu.

»Peter hat noch den alten Barney. War nie ein schlechter Kerl. Ich glaube, er hat nur einmal gesessen, und auch das wäre ihm nicht passiert, wenn er Peters Begabung gehabt hätte.«

»Peters Begabung?« fragte Jonny.

»Ich rede nicht von seiner jetzigen Begabung, ich denke daran, was er vor vierzehn, fünfzehn Jahren war. Wie glänzend entwarf er seinen Schlachtzug, wie meisterhaft bereitete er seinen Rückzug vor! Seine großartigen Alibis – wenn wir ihn geschnappt hätten, wäre er nicht nur freigesprochen, sondern auch noch aus der Armenkasse honoriert worden! Es war der Ehrgeiz jedes jungen Beamten, ihn zu fangen, einen Fehler, eine Lücke in seinem Plan zu finden. Doch er hatte weder von Klugen noch von Dummen etwas zu fürchten.«

»Er würde rot werden, wenn er Sie hören könnte!«

»Aber es ist so, Jonny. Allein die schlauen Briefe, die er schrieb, um uns zu täuschen! Mit Briefen hat er Kolossales geleistet. Er brachte Menschen zusammen, lockte sie an Orte, wo er sie haben wollte, und wo ihre Anwesenheit am nützlichsten für ihn war. Ich erinnere mich, wie er meinen Chef genau zehn Minuten nach neun nach Charing Cross unter die Uhr kommen ließ, sich ihm zu erkennen gab und ihn zwang, den Beweis für sein Alibi zu liefern!«

Als Craig bewundernd vor sich hin lächelte, fragte Gray:

»Ist es nicht ein wenig auffallend, daß Sie und er so gute Freunde sind?«

»Nicht nur auffallend, sondern höchst verdächtig!« Er langte nach einer Flasche. »Ein Glas Wein gefällig?«

»Nein, danke, ich trinke selten. In unserem Beruf brauchen wir einen klaren Kopf. Wir können uns nicht erlauben zu träumen.«

»Hm, wir können nur das«, meinte Craig. »Aber warum reden Sie von ›unserem Beruf‹, alter Freund? Sie haben es doch hinter sich?«

Jonny fing einen Blick der Braut auf. Es war nur ein kurzes Aufblitzen, aber er glaubte alles darin bestätigt zu sehen, was er befürchtete – Schrecken, Bestürzung und Hilflosigkeit. Er biß die Zähne zusammen und wandte sich rasch dem Inspektor zu.

»Wie steht es mit Ihrem Geschäft?« fragte er ihn.

»Still.«

»Das tut mir leid. Aber es ist überall so, nicht wahr?«

»Wie ist es Ihnen – auf dem Lande ergangen?« fragte Craig.

»Wunderbar! In meinem Schlafzimmer fehlten zwar Tapeten, aber die Bedienung war recht gut.«

Craig stieß einen Seufzer aus.

»Ja, ja, solange man lebt, lernt man. Es hat mir sehr, sehr leid getan, Jonny. Ein Mißgeschick, aber was nützt es, darüber zu klagen? Sie waren einer von denen, die Unglück hatten. Wenn alle, die Gefängnis verdienten, auch drin säßen – nun, es gäbe keine Wohnungsfrage mehr. Es waren eine ganze Reihe Stars da, wie ich hörte? Harry Becker und der junge Lew Storing, na, der alte Legge muß zu Ihrer Zeit auch dort gewesen sein, und jener andere Bursche, der Name fällt mir nicht ein, der Notenfälscher – ach ja, Carper. Haben Sie ihn mal gesehen?«

»Ja, wir haben einmal am gleichen Karren gezogen.«

»Ah! Ich wette, Sie haben einiges gehört. Hat er mit Ihnen gesprochen?«

»Jawohl.«

Crag neigte sich vor, und seine Stimme wurde leiser.

»Angenommen, der Mann, der Sie damals los sein wollte, und der Mann, den ich brauche, wären ein und derselbe – und ich habe Grund zu der Annahme, daß es sich so verhält –, könnten wir unter diesen Umständen nicht Geheimnisse miteinander austauschen?«

»Ja, natürlich könnten wir zusammen plaudern, es würde ein hübsches Duo abgeben. Aber es wird nicht geschehen. Offen gestanden, Craig, ich kann Ihnen über den ›großen Drucker‹ nichts sagen. Reeder müßte eigentlich alles wissen!«

»Reeder!« grollte Craig verächtlich. »Ein Dilettant! Das ganze Getue um diese Leute vom Geheimdienst ist mir zuwider. Wenn die Sache der Polizei überlassen worden wäre, hätten wir den ›großen Drucker‹ längst in unserer Hand. Haben Sie ihn mal gesehen, Jonny?«

»Nein«, log Jonny.

»Aber Reeder, wie? Früher hatten sie einen Beamten dort namens Golden, einen alten Kerl, der glaubte, die Fälscher fangen zu können, indem er in seinem Bürso saß und scharf nachdachte. Reeder taugt auf jeden Fall nicht viel mehr. Ich hab' ihn nur einmal gesehen – eine Karikatur auf der Schwelle des Greisenalters!« Craig seufzte wieder tief, und während er einen bekümmerten Blick über die frohe Tafelrunde schweifen ließ, sagte er leise: »Ganz im Vertrauen, Jonny, ich wüßte, wie Sie sich leicht fünfhundert Pfund verdienen könnten.«

»Nichts zu machen, Craig!«

»Sind wir beide nicht Männer der guten Gesellschaft?«

»Ja, sicher, aber nicht der gleichen Gesellschaft.«

Der Inspektor machte noch einen letzten Versuch.

»Die Bank von England zahlt für eine Auskunft sogar tausend Pfund!«

»Wer könnte es sich besser leisten!« bemerkte Jonny mit Überzeugung. »Aber schweigen Sie jetzt still, Craig, jemand will eine Rede halten!«

Der Geistliche, der das junge Paar getraut hatte, hielt eine salbungsvolle, erbauliche Ansprache. Craig hörte bis zu den stereotypen Schlußworten interessiert zu. Als er sich wieder seinem Nachbar zuwenden wollte, war dieser verschwunden. Er schaute sich um und bemerkte, daß Gray sich über Peters Stuhl beugte. Der Hausherr nickte eifrig, und Jonny verließ das Zimmer.

Ein anderer hatte den Vorfall gleichfalls beobachtet. Der junge Ehemann sah Jonny hinausgehen; er spielte mit seinem Weinglas, wechselte einen Blick mit dem hübschen Stubenmädchen und blickte bedeutungsvoll nach der Tür. Auf dieses Zeichen hin verließ auch Lila das Zimmer. In der Vorhalle war Gray nicht, sie ging auf die Straße hinaus, fand aber auch dort keine Spur von ihm. Aber der alte Legge stand an der Ecke und winkte sie heran. Seine Brillengläser funkelten ihr entgegen.

»Sagen Sie Jeff, daß ich ihn sprechen muß, bevor er auf seine Hochzeitsreise geht. Er hat mit dem Mädchen gesprochen – ich hab's ihrem Gesicht angesehen. Was hat er ihr gesagt?«

»Wie soll ich das wissen?« fuhr sie auf. »Sie und Ihr Jeff! Ich wollte, ich hätte mich nie in diese Sache eingelassen. Und was ist jetzt? Dieser schlaue Gauner weiß alles!«

»Wer –? Jonny Gray? Ist er hier? Er ist also hergekommen! Was soll das heißen – er weiß alles?«

»Er kennt Jeff – hat ihn auf den ersten Blick erkannt.«

Emanuel Legge stieß einen Pfiff aus.

»Haben Sie Jeff gesagt, daß er erkannt worden ist?«

»Nichts habe ich ihm gesagt, Warum fragen Sie mich? Das Mädchen nimmt ihn ja völlig in Anspruch.«

»Denken Sie nicht daran.« Legge machte eine wegwerfende Handbewegung. »Erzählen Sie mir jetzt, was Gray gesagt hat.«

»Er sagte, er würde mich erwürgen, und wenn ich schwatze, werde auch er ... Es hat keinen Zweck, mir zu drohen, Emanuel. Ich kann Ihnen nicht mehr sagen. Er kennt Jeff, er muß ihn gesehen haben, bevor er ›über die Alpen‹ ging.«

Der Alte stand mit gerunzelter Stirn und verkniffenen Lippen da und dachte nach.

»Wenn er die Sache durchschaut, steht es schlimm. Er ist in das Mädchen verliebt, und das bringt Unheil. Rufen Sie Jeff heraus, schnell!«

»Hier kann Sie Peter sehen«, warnte sie. »Gehen Sie die Straße hinunter, und biegen Sie in den Privatweg ein. Ich schicke Jeff in den Garten.«

Es dauerte einige Zeit, bis sie Gelegenheit hatte, Jeff ein Zeichen mit den Augen zu geben. Er folgte ihr auf den Rasenplatz.

»Der Alte wartet unten im Garten«, sagte sie leise.

»Was ist los?«

»Er wird es dir sagen.«

Jeff sah sich nach allen Seiten um und verschwand durch die Hecke in den unteren Gartenteil.

»Jeff, Gray hat uns erkannt –!«

»Wen? Mich? Er hat nicht mit der Wimper gezuckt, als wir uns trafen.«

»Ja, der Kerl ist verdammt kaltblütig, der abgefeimteste Schurke – ich war mit ihm in der Hölle und kenne seinen Ruf. Er fürchtete sich vor nichts. Wenn er es Peter sagt – schieß zuerst! Peter handelt schnell. Deinen Rückzug decke ich. Draußen stehen zwei Burschen, die auf meinen Wink warten. Und Jonny ...«

Jeff kaute gedankenvoll an seinen Fingernägeln.

»Was soll ich tun?«

»Schaff das Mädchen weg. Bring sie ins Carlton Hotel. Ihr wolltet eine Woche dort bleiben – mach einen Tag daraus. Fahr morgen in die Schweiz, laß sie nicht schreiben. Peter übernehme ich. Er wird zahlen.«

»Wofür?«

»Um seine Tochter wiederzukriegen. Vierzigtausend – vielleicht mehr.«

»Von der Seite hab' ich die Sache noch nicht angesehen. Eine neue Art Erpressung?«

»Nenn es, wie du willst! Du steckst zur Hälfte im Geschäft und sollst deinen Anteil haben. Peter wird zahlen.«

»Aber Lila ...«, begann Jeff zögernd.

»Lila!« höhnte der Alte. »Lila! Die Lumpendirne und ein Mann wie du! Willst du ein Asyl für gefallene Mädchen gründen? Los!«

»Was geschieht mit Gray?«

»Überlaß ihn mir.«

6

Emanuel kehrte auf die Straße zurück. Etwas abseits unter einem Baum saßen zwei Männer und aßen Brot und Käse. Es waren stämmige, breitschultrige Gesellen. Als sie Legge erblickten, hörten sie auf zu kauen.

»Kennt einer von euch Jonny Gray?«

»Ich war mit ihm zusammen im Kasten«, sagte der eine, »wenn du den mit dem Pferdeschmuggel meinst.«

»Er ist hier im Hause, geht wahrscheinlich zum Bahnhof und wird wohl den kürzesten Weg übers Feld nehmen. Schlagt ihn nieder – verstanden? Ein Kinderspiel für euch, aber laßt ihn nicht entwischen. Macht eure Sache gut. Wenn er nicht allein ist, folgt ihm nach London.«

Emanuel kehrte zu seinem Beobachtungsposten zurück. Der erste Wagen setzte sich in Bewegung, fuhr vorbei. Der Alte sah einen Augenblick Jeff und das erschrockene Gesicht des Mädchens und rieb sich höchst befriedigt die Hände. Peter stand mitten auf der Straße und sah dem Wagen nach. Er wußte also nichts. Jonny hatte ihm nichts gesagt, sonst hätte er sie nicht fortgelassen. Vielleicht hatte Lila gelogen. Solchen Weibern konnte man nicht trauen, die waren nur auf Sensationen aus. Doch Jonny war gefährlich. Er stand da, die eine Hand in der Tasche, die andere winkte dem Wagen nach. Er sah so unbekümmert aus, als ginge ihn die Sache gar nichts an. Das zweite Auto fuhr vor und hielt vor dem Eingang. Einige Gäste machten sich auf. Wenn Jonny klug war, schloß er sich jetzt der Gesellschaft nach London an. Doch Jonny war nicht klug. Er machte sich allein auf den Weg, überquerte die Straße und steuerte dem Feldweg zu.

Emanuel blickte zurück. Seine Komplicen hatten alles beobachtet und folgten dem ahnungslosen Fußgänger.

Von der Fahrstraße zweigten zwei Wege ab, die sich mitten auf dem Feld trafen. Jonny hatte diese Stelle eben überschritten, als er Schritte hinter sich hörte. Er warf einen Blick zurück, sah ein bekanntes Gesicht und überlegte. Wenn er zu laufen begann, konnte er die unbeholfenen Gesellen leicht abschütteln.

Aber er zog es vor, ihnen entgegenzutreten. Er nahm den Malakkastock, den er auf solche Exkursionen stets mitnahm, in beide Hände und wandte sich um.

»Hallo, Gray!« rief der größere von den beiden. »Wohin so schnell, zum Donnerwetter? Ich habe dir was zu sagen, du elender Schwätzer! Du bist der Bursche, der mich beim Aufseher verpfiffen hat, als ich mir Tabak kommen lassen wollte!«

Es war eine glatte Erfindung und sollte nur den Überfall vorbereiten. Sie trugen biegsame Rohrstöcke in den Händen, die an den Enden mit Eisen beschlagen waren.

Der erste Schlag verfehlte Jonny, er trat zurück, riß an seinem Stockdegen, etwas Langes, Flaches blitzte in der Nachmittagssonne auf. Den leeren Stock schützend vor sich haltend, richtete Gray den feinen Stahl auf den zunächststehenden Gegner, der einen Schritt zurückwich.

»Elender Kerl!« schrie ihn Jonny an und schnellte mit einem Fuß nach vorn. Die scharfe Klingenspitze fuhr von einem Gesicht zum andern, die Männer taumelten zurück, der eine von ihnen fühlte etwas Feuchtes auf seiner Wange. Als er mit der Hand darüberfuhr, war sie naß und rot.

»Nimm das zum Andenken, du Lump!« Jonny stieß die Klinge in den Stock zurück und machte sich auf den Weg. Seine gelassene Überlegenheit hatte gewaltigen Eindruck gemacht.

»Ein eiskalter Bursche«, sagte der Mann mit der zerschnittenen Wange wutschnaubend. »Beim Satan, dafür bring' ich ihn um!«

Doch machte er keinerlei Anstalten, ihm zu folgen, und sein Gefährte war nicht unglücklich darüber.

Gray beschleunigte seinen Schritt, erreichte bald ein Wohnquartier und fand auch ein Taxi.

Als er beim Bahnhof ausstieg, konnte er gerade noch einen Zug abfahren sehen. Aber in einer halben Stunde mußte ein Schnellzug aus Brighton kommen, der in Horsham hielt.

Er ging über den Bahnhofplatz zu einem Hotel und verschwand dort in der Telefonkabine. Nach einer Viertelstunde kam er mit durchweichtem Kragen und schweißüberströmtem Gesicht wieder heraus.

Auf dem Bahnhof sah er sich um. Er rechnete damit, Emanuel anzutreffen, und in dieser Erwartung wurde er nicht getäuscht. Wenige Minuten vor Ankunft des Zuges aus Brighton erschien er.

Es war ihre erste direkte Begegnung, seit sie in Dartmoor in der gleichen Arbeitsgruppe gearbeitet hatten, und Legge spielte deshalb den Überraschten.

»Wie? Ist das nicht Gray? Dich hier zu treffen, alter Junge! Das ist eine Überraschung! Wann bist du herausgekommen?«

»Laß das Gerede!« stoppte Jonny die Szene. »Wenn wir ein leeres Abteil finden, hab' ich dir ein paar Worte zu sagen, Emanuel.«

»Auf der Hochzeit gewesen?« fragte der Alte listig. »Nettes Mädchen, nicht? Hat eine gute Partie gemacht. Es soll ein kanadischer Millionär sein, wie ich hörte. Der Peter hat Glück, was immer er anfaßt!«

Jonny gab keine Antwort. Als der Zug einfuhr, und ein Wagen erster Klasse mit direkten Abteileingängen vor ihnen hielt, öffnete er eine Tür. Emanuel sprang hinein, und sie machten es sich bequem.

»Wenn du Geld brauchst ...«, begann Legge.

Langsam dampfte der Zug zum Bahnhof hinaus.

»Ich brauche kein Geld – ich will dir eine Chance geben.« Das Erstaunen, das sich in Legges Gesicht malte, sah sehr überzeugend aus.

»Ich versteh' dich nicht, Jonny – was willst du mir geben? Hast du getrunken?«

Sie saßen sich gegenüber. Gray beugte sich vor, legte seine Hand auf Legges Knie und sagte freundlich:

»Bring den Jungen von der Sache ab, Emanuel, und es soll alles unter uns bleiben. Schau mich nicht so kläglich an wie ein verwundetes Reh! Du bringst ihn von der Sache ab und schickst das Mädchen heute abend nach Hause – verstehst du?«

»Ich verstehe deine Worte, Jonny Gray, aber was sie bedeuten, ist mir ein Rätsel. Von welchem Jungen sprichst du? Ich habe nur einen Jungen, und der studiert ...«

»Laß das! Ich spreche von Jeff Legge, der heute Peters Tochter geheiratet hat. Ich durchschaue deinen Plan, Emanuel. Du willst dich an Peter rächen. Gut, aber versuch' es auf andere Weise.«

»Sie hat ihn aus freien Stücken geheiratet. Hat sich auf den ersten Blick in ihn verliebt. Dagegen ist nichts zu machen, wie?«

»Und er kann die Ehe aus freien Stücken wieder lösen. Hör zu, Emanuel – wenn du jetzt nach London kommst, fährst du direkt ins Carlton Hotel und sprichst ganz offen mit deinem Sohn. Er ist ein verständiger Junge und wird tun, was du ihm sagst.«

»Was du sagst«, verbesserte Legge und verzog den Mund. »Das meinst du doch? Nein, mein Alter. Sie sind verheiratet. Du kannst sie nicht scheiden. Du kannst ein braunes Pferd in ein schwarzes verwandeln, aber du kannst aus Mrs. Jeffrey Floyd nicht wieder Miss Marney Kane machen!«

Jonny beugte sich wieder vor.

»Ich kann aus Mr. Jeffrey Legge einen Dartmoorsträfling machen, und ich habe diese Absicht.«

Legge zog die Augenbrauen hoch.

»Aufgrund was für einer Anschuldigung? Laß mal deine Musik hören, Gray!«

»Er ist der ›große Drucker‹ –«. Jonny machte eine Pause, und Legges Gesicht nahm einen gespannten Ausdruck an. »Die Regierung hat Tausende ausgegeben, um ihn zu fangen. Die besten Geheimpolizisten sind hinter ihm her. Ich weiß, wo sein Zeug gedruckt wird. Ich kenne wenigstens vier von seinen ›Spezialisten‹. Du glaubst, daß Jeffs Geheimnis nur dir und euren Helfershelfern bekannt ist, aber du irrst dich. Craig weiß, daß er der ›große Drucker‹ ist. Er hat es mir beim Lunch gesagt. Er braucht nur einen Beweis, und den Beweis kann ich ihm liefern. Auch der alte Reeder weiß es – du hältst ihn für einen Narren, aber er weiß es, und ein Wort von mir könnte ihn zum klügsten Burschen der Welt machen.«

»Du verlegst dich auf Bauernfängerei, Jonny?« fragte Legge mißvergnügt. »Was für einen Bauernfänger würdest du abgeben! Du siehst aus und redest wie ein Gentleman – sie würden auf dich hereinfallen, ohne es sich zweimal zu überlegen! Aber auf mich macht das gar keinen Eindruck, Jonny. Ich bin zu alt und schlau, um mich bluffen zu lassen.«

»Von Bluff kann keine Rede sein«, versicherte Jonny. »Ich habe deinen Sohn in der Hand.«

Etwa fünf Minuten saß Emanuel Legge in eine Ecke des Abteils gedrückt und starrte auf die vorübereilende Landschaft hinaus.

»Du hast meinen Sohn in der Hand, sagst du?« begann er wieder und griff in die Westentasche. »Du weißt also Bescheid? Dann schau mal her!« Er entfaltete einen vielfach zusammengelegten Schein. Es war eine Fünfpfundnote, die er zwischen Daumen und Zeigefinger glattstrich. Dabei leuchteten seine Augen hinter den großen Brillengläsern auf. »Ist er echt oder falsch, Jonny?«

Noch während er mit seinem Schein hantierte, war in den vier Lampen des Abteils das Licht angegangen, was bei dieser Tageshelle ein diffuses Zwielicht ergab.

»Gleich kommt ein Tunnel«, sagte Emanuel, »dann kannst du den Schein genau ansehen – fühl ihn an, Jonny! Das richtige Papier, die Bankbeamten sind darauf hereingefallen ...« Donnernd fuhr der Zug in den Tunnel ein. Emanuel stand mit dem Rücken zur Tür des Abteils und hielt den Schein straff gespannt gegen eine elektrische Birne. »Er hat nur einen Fehler – sieh her!«

Um etwas zu sehen, mußte Gray hinter ihn treten und über seine Schulter blicken. Das Donnern im Tunnel war beträchtlich.

»Sieh das F hier –«, schrie Emanuel, »das F in Five ist zu undeutlich gedruckt ...«

Als Jonny sich vorbeugte, versetzte ihm der Alte mit der Schulter einen Stoß, in den er die ganze Kraft und Schwere seines Körpers legte. Gray, der nicht darauf vorbereitet war, verlor das Gleichgewicht. Er taumelte rückwärts gegen die Abteiltür, die Legge im gleichen Augenblick aufstieß. Jonny fühlte sich in eine brausende, schwarze Leere fallen und klammerte sich mit beiden Händen am Fensterrahmen fest. Zwei, drei Sekunden hing er an der Tür, die hin und her schwang. Dann hämmerte Legges Faust auf seine Finger nieder, und er fiel –.

Er fiel auf eine dicke Sandschicht und überschlug sich. Sein Arm stieß gegen die Tunnelmauer und wurde beinahe ausgerenkt. Das Gesicht schützend auf den andern Arm gepreßt, blieb er liegen.

Er war am Leben. Vorsichtig hob er den Kopf, der Zug war vorbei, die rote Laterne am letzten Wagen wurde rasch kleiner. Er bewegte zuerst das eine, dann das andere Bein, rollte sich der Wand zu und lag eine Zeitlang bewegungslos auf dem Rücken. Sein Herz klopfte wild, er spürte einen stechenden Schmerz. Der Schreck kann einen Menschen töten, fuhr es ihm durch den Kopf. Das Herzklopfen nahm noch zu, ihm wurde furchtbar übel, ein heftiges Zittern befiel ihn.

Nach zehn Minuten stützte er sich auf einem Ellbogen hoch und setzte sich mit Mühe auf. Sein Kopf drehte sich, tat aber nicht weh. Er befühlte die Arme, sie schmerzten bei der Berührung, aber die Knochen waren heil.

Ein Bahnarbeiter fiel vor Erstaunen beinah um, als er am Ausgang des Tunnels einen hinkenden jungen Mann in beschmutzten, zerrissenen Kleidern auftauchen sah.

»Ich bin aus dem Zug gefallen«, eröffnete ihm Jonny. »Kann ich hier irgendwo ein Auto finden?«

Der Arbeiter führte ihn die steile Böschung hinauf. Sie mußten ein weites Feld überqueren, und Jonny humpelte, so gut es ging, neben seinem Begleiter her. Schließlich erreichten sie die am Feld vorbeiführende Straße. Ein Autofahrer, der von den Rennen in Gatwick kam, hielt an. Mißtrauisch musterte er die abgerissene Gestalt, die er mitnehmen sollte, doch dann stieß er die Tür auf.

»Steigen Sie ein!«

Jonny drehte sich nochmals zu dem Bahnarbeiter um.

»Hier sind fünf Shilling – zwei für Ihre Hilfe und drei, damit Sie schweigen. Ich möchte nicht, daß die Sache zur Anzeige kommt, verstehen Sie? Die Wahrheit ist, daß ich etwas zu tief ins Glas geschaut habe.«

»Sie waren ein wenig blau?« fragte der Arbeiter erfreut. »In Ordnung – machen Sie sich keine Gedanken!«

Der Autofahrer war nicht gesprächig. Beim ersten Taxistandplatz in Sutton bestand Jonny sehr energisch darauf, auszusteigen.

»Ich bringe Sie nach Hause, wenn Sie wollen«, sagte der Mann verdrießlich.

Gray lehnte freundlich dankend ab und beendete seinen Ausflug in einem Taxi. Am späten Nachmittag kam er in Queen's Gate an. Parker, der ihm öffnete, stellte keine Fragen.

»Ich habe einen andern Anzug für Sie zurechtgelegt, Sir«, sagte er lediglich, als er zum zweitenmal das Zimmer betrat.

Als Jonny im heißen Bad lag, untersuchte er seine Verletzungen. Sie waren mehr oder weniger äußerlich. Von seinem Schrekken hatte er sich noch nicht ganz erholt. Mit knapper Not war er dem Tod entronnen. Der alte Legge hatte also tatsächlich versucht, ihn umzubringen.

Als er aus dem Bad stieg, erwartete ihn der Masseur, den Parker bestellt hatte. Eine halbe Stunde lang ließ er sich stöhnend von ihm bearbeiten.

Die Abendzeitung enthielt keine Nachricht über den ›Unfall‹. Es war auch kaum anzunehmen, daß Emanuel die Sache anzeigen würde, schon in seinem eigenen Interesse nicht.

Er zog den Schlafrock an und wollte sich etwas hinlegen.

»Ist jemand hier gewesen?« erkundigte er sich bei Parker.

»Ein Mr. Reeder, Sir.«

»Mr. Reeder? Was wollte er?«

»Ich weiß nicht, Sir. Er fragte nur nach Ihnen. Ein Mann in mittleren Jahren, mit einem recht trübsinnigen Gesicht. Ich sagte ihm, daß Sie nicht zu Hause wären, und wollte jeden Auftrag ausrichten, aber er gab mir keinen.«

Dieser Besuch beunruhigte Jonny aus einem gewissen Grunde mehr als alles, was er an diesem Nachmittag erlebt hatte.

7

Marney sprach auf der Fahrt nach London kein Wort. Sie saß abgerückt in einer Ecke des Wagens; nur ein- oder zweimal warf sie verstohlen einen ängstlichen Blick auf den Mann, den sie geheiratet hatte, und der ihr fremder war als jeder andere Mensch. Er saß völlig in seine eigenen Gedanken versunken in der anderen Ecke der Limousine. Dem finsteren Gesicht nach zu schließen, waren es keine angenehmen Gedanken. Die ganze Zeit nagte er an seinen Nägeln und runzelte die Stirn.

Erst als der Wagen über eine der Themsebrücken rollte, wandte er den Kopf und bedachte sie mit einem kalten Blick.

»Wir fahren morgen weg –«, erklärte er.

»Ich dachte, du wolltest eine Woche in der Stadt bleiben?« Sie sah ihn unruhig an. »Ich sagte Vater . . .«

»Was macht das aus?« fragte er schroff.

Sie faßte sich ein Herz und stellte die Frage, die sie während der ganzen Fahrt schon beschäftigte.

»Jeff, was meintest du heute morgen, auf dem Heimweg von der Kirche –? Du hast mich erschreckt.«

Er kicherte höhnisch.

»So – habe ich dich erschreckt? Wirklich?«

»Du bist so verändert –«, stammelte sie verwirrt. »Ich – ich wollte dich nicht heiraten. Ich dachte, du wolltest es. Und Vater . . .«

»Deinem Vater ging es nur darum, daß du einen Mann der guten Gesellschaft mit einem Haufen Geld bekommen würdest. Gut, du hast ihn geheiratet, oder nicht? Darauf spielte ich heute morgen an, als ich sagte, ich hätte deinen Vater hereingelegt. – Du weißt doch, daß dein Vater ein Verbrecher ist?«

Ihr Gesicht wurde feuerrot und gleich darauf blaß.

»Was fällt dir ein?« Ihre Stimme zitterte vor Empörung. »Wie kannst du so etwas sagen?«

Er schloß gelangweilt die Augen.

»Eine ganze Menge Enthüllungen stehen dir bevor, liebes Kind. Aber warten wir lieber damit, bis wir im Hotel sind.«

Sie schwiegen wieder, bis der Wagen vor dem Hotel hielt. Jeff spielte, wie vor der Hochzeit, den freundlich lächelnden, aufmerksamen Mann, daß heißt, er tat es genauso lange, bis die Tür ihres Apartments hinter ihnen zufiel.

»So – jetzt muß ich dir gleich etwas sagen«, erklärte er und warf seinen Hut auf ein Sofa. »Ich heiße nicht Floyd. Ich bin

Jeffrey Legge. Mein Vater saß bis vor einem halben Jahr im Zuchthaus. Peter Kane brachte ihn hinein.« Sprachlos vor Schreck hörte sie zu. »Peter Kane ist ein Bankräuber, oder war es jedenfalls bis vor fünfzehn Jahren, als er mit meinem Vater zusammen den letzten Coup steigen ließ, mit einer Million Dollar verschwand und seinen Gefährten verpfiff.«

»Verpfiff?« fragte sie verwirrt.

»Dein Vater verriet ihn«, erläuterte Jeff geduldig. »Es überrascht mich, daß Peter dich mit den Fachausdrücken der Branche nicht vertraut gemacht hat. Kurz und gut – er verpfiff also seinen Kameraden, und mein Vater bekam zwanzig Jahre.«

»Das ist nicht wahr!« rief sie empört. »Du hast diese Geschichte erfunden. Mein Vater hatte ein Bankgeschäft. Nie in seinem Leben hat er eine unehrenhafte Tat begangen und schon gar nicht einen Freund verraten!«

Ihr Eifer schien Jeff zu belustigen.

»Ein Bankgeschäft, sagst du? Das ist der beste Witz, den ich seit langem gehört habe. Nun, merke dir, sein ›Geschäft‹ bestand darin, in die Stahlkammern von Banken einzubrechen. Dein Vater ist ein Verbrecher! Gray weiß es, und Craig weiß es auch. Was glaubst du, wozu ein Bankier mit einem Greifer befreundet sein sollte? Mach kein so einfältiges Gesicht – ein Greifer ist ein Geheimpolizist. Peter hat deine Erziehung entschieden vernachlässigt!«

»Jonny weiß es?« fragte sie entsetzt. »Jonny weiß, daß Vater ein . . . Das glaub' ich nicht. Alles, was du mir da erzählst, sind Lügen. Wenn es wahr wäre, warum hättest du mich dann geheiratet?«

Kaum hatte sie die Frage gestellt, wußte sie auch schon die Antwort, wurde ihr mit einem Schlag alles klar. Sie starrte Jeff an, der das Gesicht zu einem Grinsen verzog.

»Du hast begriffen, wie? Wir haben Jahre darauf gewartet, Peter hereinzulegen. Ich denke, wir sind jetzt soweit. Und nun kannst du es ihm sagen, wenn du willst. Da ist ein Telefon – ruf ihn an, sag ihm, daß ich Jeff Legge bin, und daß alle herrlichen Träume, die er sich von deinem zukünftigen Glück gemacht hat, dahin sind. Telefoniere ihm! Sag ihm, daß du mich niemals heiraten wolltest und es nur getan hast, um ihn glücklich zu machen. Du mußt ihm das Herz brechen – tu es doch gleich!«

»Er würde dich umbringen«, flüsterte sie.

»Vielleicht. Aber ich glaube nicht daran. Sobald ich einen Revolver in seiner Hand sehe, knalle ich ihn nieder. Aber bitte, laß dich dadurch nicht abhalten, ihm deine Mitteilung zu machen!«

»Dann hast du also diesen Plan erdacht? Und es war – eure Rache? Doch Jonny – Jonny weiß nicht . . .«

Sie sah, wie er zögerte und sein Gesicht einen Moment lang Unsicherheit ausdrückte.

»Er weiß es.«

»Das ist nicht wahr!«

»Er weiß es, du brauchst gar nicht auf ihn zu zählen. Er gehört zu uns, und wir pfeifen nie.«

»Das kann nicht wahr sein. Er weiß nichts, sonst würde er... Wenn er wüßte . . . Es ist ganz sinnlos, so etwas auch nur anzunehmen.«

Sie sprach so gefaßt und überzeugt, daß sich Jeff Legge unbehaglich zu fühlen begann. Nicht so sehr Jonnys drohende Rache, sondern ihre erstaunliche Gelassenheit brachte ihn aus der Fassung. Unwillkürlich sah er sich um, als erwartete er, Jonny Gray könnte in der nächsten Sekunde eintreten. Als ihm die Sinnlosigkeit seiner Reaktion aufging, lachte er nervös auf.

»Du kannst jetzt zweierlei tun – entweder Peter anrufen oder aber gute Miene zum bösen Spiel machen.«

»Ich will Vater anrufen.« Sie sprang auf, doch bevor sie das Telefon erreichte, packte er ihren Arm und riß sie zurück.

»Du wirst gar nichts tun! Es gibt hier keine Wahl. Du bist Mrs. Floyd, du bist mein, Liebling! Mein gesetzliches Eigentum. Verstehst du das?«

Er riß sie an sich. Voll Abscheu, mit der Kraft der Verzweiflung wand sie sich los, stürzte zur Tür, riß sie auf und – prallte einen Schritt zurück.

Auf der Schwelle stand eine große, starke Frau mit rotem Haar und einem breiten, gutmütigen Gesicht, offensichtlich ein Zimmermädchen.

»Was machen Sie da?« fragte Jeff wütend. »Scheren Sie sich zum Teufel!«

»Wie sprechen Sie zu mir, mit Verlaub? Ich kann Fluchen nicht ausstehen. Außerdem habe ich diese Zimmer zu besorgen.«

Ihrer Sprache nach zu schließen, stammte sie aus Wales.

Marney benützte die Gelegenheit, um zu entrinnen. Sie stürzte ins Nebenzimmer, schlug die Tür zu und schloß sie ab.

Eine Weile stand Jeff in ohnmächtiger Wut da. Dann stieß er mit voller Wucht gegen die Tür, aber sie gab nicht nach. Er griff nach dem Telefonhörer, besann sich aber sogleich. Er wollte keinen Skandal. Am allerwenigsten wünschte er, als Jeffrey Legge erkannt zu werden. Er klopfte an die Tür.

»Marney, komm heraus, sei vernünftig! Das Ganze war nur ein Scherz. Ich wollte dich bloß auf die Probe stellen . . .«

Sie gab keine Antwort. Ob es im Schlafzimmer ein Telefon gab? fragte er sich. Würde sie es wagen, ihren Vater anzurufen? Er hörte, wie eine andere, entferntere Tür aufgeschlossen wurde. Das Schlafzimmer hatte auch einen Zugang vom Korridor her. Er lief rasch hinaus und sah das dicke Zimmermädchen aus der nächsten Tür kommen. Hinter ihr wurde sofort von innen der Schlüssel umgedreht.

»Ich werde Sie bei der Direktion anzeigen!«

Jeff hätte das Frauenzimmer auf der Stelle ermorden können. Aber seine Wut machte auf die gemütliche Waliserin keinen Eindruck.

»Ich habe, mit Verlaub, von allen meinen Herrschaften gute Zeugnisse. Ich habe in den Schlafzimmern zu tun. Sie werden mir keine Schimpfworte sagen, sonst bring' ich Sie, mit Verlaub, vors Gericht!«

Jeff wartete im Korridor, bis die Frau verschwunden war, und ging dann vor der Schlafzimmertür auf und ab. Nach einer Weile kam ein Zimmerkellner vorbei, den er in liebenswürdigstem Ton ansprach.

»Bitte, haben Sie die Freundlichkeit, ins Büro zu gehen und den Geschäftsführer zu fragen, ob ich ein zweites Paar Schlüssel für meine Zimmer bekommen kann. Meine Frau möchte ihre eigenen Schlüssel haben.«

Er ließ einen großen Schein in die Hand des Kellners gleiten. Überwältigt sagte der Mann:

»Gewiß, Sir. Ich denke, daß es sich einrichten läßt.«

»Und vielleicht können Sie mir solange Ihren Hauptschlüssel borgen«, schlug Jeff in beiläufigem Ton vor.

»Ich habe keinen, Sir. Nur die Direktion hat einen. Aber ich denke, ich kann Ihnen verschaffen, was Sie brauchen.«

Nach einigen Minuten kam er mit vielen Entschuldigungen zurück und versicherte, es gäbe keine anderen Schlüssel. Als der Kellner gegangen war, schloß Jeff hinter ihm die Salontür ab und begab sich vor die Schlafzimmertür.

»Marney!« rief er. »Willst du jetzt vernünftig sein?«

Diesmal bekam er eine Antwort.

»Ich denke, ich bin sehr vernünftig«, rief sie zurück.

»Komm heraus und sprich mit mir.«

»Danke, ich bleibe lieber hier.« Eine Pause entstand.

»Wenn du zu deinem Vater gehst, komme ich nach und bringe ihn um. Du weißt, daß ich zuerst schießen muß, nach dem, was du mir gesagt hast –.« Es blieb still, aber er wußte, daß seine Worte Eindruck auf sie gemacht hatten. »Überleg es dir – laß dir Zeit dazu!«

»Versprichst du, mich in Ruhe zu lassen?« fragte sie.

»Aber natürlich, ich verspreche alles, was du willst. Komm heraus, du kannst ja nicht den ganzen Tag da drinnen bleiben! Du mußt etwas essen.«

»Die Frau wird mir das Essen bringen.«

Jeff stieß im stillen einen Fluch aus.

»Gut, mach es, wie du willst. Aber ich sage dir eins – wenn du heute abend nicht herauskommst, passiert ein Unglück in deiner sauberen Familie!«

Obwohl sie nicht antwortete, glaubte er doch, sie soweit eingeschüchtert zu haben, daß sie wenigstens an diesem Abend keinen Versuch mehr machte, mit ihrem Vater zu sprechen. Später aber hatte es nichts mehr zu bedeuten.

Er telefonierte, doch der Mann, den er sprechen wollte, war nicht erreichbar. Eine Viertelstunde später läutete das Telefon. Emanuel Legges Stimme meldete sich.

»Sie macht mir Ärger«, teilte ihm Jeff leise mit. Als er das zornige Zähneknirschen seines Vaters hörte, beeilte er sich, sein Verhalten zu entschuldigen. »Sie mußte es früher oder später erfahren.«

»Du bist ein Narr«, brummte der Alte. »Konntest du das nicht bleibenlassen?«

»Du mußt mich hier decken«, verlangte Jeff dringend. »Wenn sie Peter anruft, gibt es Unheil. Und Jonny ...«

»Mach dir Jonnys wegen keine Sorgen«, unterbrach ihn Emanuel mürrisch. »Von seiner Seite droht keine Gefahr.« Er erklärte nicht, warum, doch Jeff fühlte sich beruhigt durch die Sicherheit seines Vaters, der ihm zum Schluß einschärfte: »Wirf einen Blick ins Schlüsselloch – schau nach, ob der Schlüssel im Schloß steckt. Auf alle Fälle schick' ich dir ein paar Instrumente, mit denen du die Tür im Handumdrehen öffnen kannst. Du mußt aber damit bis spät nachts warten, wenn sie eingeschlafen ist.«

Nach einer halben Stunde wurde durch einen Boten ein Päckchen gebracht. Jeffrey schnitt die Schnur entzwei, öffnete eine kleine Schachtel und entnahm ihr zwei seltsam aussehende Instrumente.

Er hörte Stimmen in Marneys Schlafzimmer und schlich sich an die Tür. Die Waliserin war drüben. Bald darauf vernahm er das Klappern von Tellern, Messern und Gabeln. Gleichzeitig läutete von neuem sein Telefon.

Der Empfangschef teilte ihm mit:

»Eine Dame ist hier, die Sie sprechen will. Sie fragt, ob Sie herunterkommen könnten, es sei sehr wichtig.«

»Wie heißt sie?«

»Miss Lila.«

»Lila!« Er zauderte. »Bitte, schicken Sie sie herauf!«

Er zog den schweren Samtvorhang vor die Tür von Marneys Schlafzimmer.

Auf den ersten Blick sah er, daß Peter Kanes Stubenmädchen Horsham in großer Eile verlassen haben mußte. Unter dem leichten Mantel, den sie trug, bemerkte er den weißen Kragen ihrer Dienstkleidung.

»Was ist mit dir los, Lila?«

»Wo ist – sie?«

Er zeigte mit dem Kopf nach der verhängten Tür.

»Hast du sie eingeschlossen?«

»Sie hat sich selbst eingeschlossen, um die Wahrheit zu sagen«, antwortete er mit gekünsteltem Lächeln.

Sie kniff die Augen zusammen.

»Steht es so?« fragte sie streng. »Du hast nicht viel Zeit verloren, Jeff!«

»Bilde dir keine Dummheiten ein – ich hab' ihr gesagt, wer ich bin, und da hat es Zank gegeben. Das ist alles. Nun, was ist los?«

»Peter Kane hat Horsham mit einem Revolver in der Tasche verlassen – weiter nichts.«

Jeffrey wurde blaß.

»Setz dich hin und erzähl mir alles.«

»Als du fort warst, ging ich in mein Zimmer hinauf, weil mir scheußlich zumute war. Ich habe auch ein Gefühl. Keine Frau kann es mit ansehen, wenn der Mann mit einer anderen davongeht.«

»Laß das Gefühl beiseite und halte dich an die Tatsachen!«

»Ich werde es so erzählen, wie es mir paßt, wenn du erlaubst, Jeffrey Legge!« sagte sie langsam.

»Gut, gut – also weiter!«

»Ich war noch nicht lange oben, als ich Peter in seinem Zimmer hörte – es liegt ja unter meinem –, er sprach mit sich selbst. Nun, und da siegte die Neugier sogar über meinen Kummer – ich ging hinunter und horchte. Da ich nicht hören konnte, was er sagte, öffnete ich ein klein wenig die Tür seines Zimmers, und in dem Augenblick, als ich hineinsah, lud er gerade seinen Browning. Er steckte ihn in die Tasche. Ich ging nach unten. Nach einer Weile kam auch er herunter. Sein Gesicht hatte einen Ausdruck, der mir nicht gefiel. Es war ganz grau und hager, etwas Teuflisches lag in seinen Augen. Ich hörte, wie er den Wagen bestellte, und nahm an, daß er gleich wegfahren würde. Aber er machte sich erst nach einer halben Stunde auf den Weg.«

»Was tat er inzwischen?«

»Er schrieb in seinem Zimmer. Ich weiß nicht, was er schrieb, denn er benützt immer ein schwarzes Löschpapier als Unterlage. Aber er muß viel geschrieben haben. Ich weiß genau, daß fünf oder sechs Briefbogen auf dem Tisch bereitlagen, doch nachher, als ich nachsah, waren alle verschwunden. Im Papierkorb lag nicht ein zerrissenes Blatt, und er hatte auch nichts verbrannt. Er muß also das ganze Zeugs mitgenommen haben. Ich wollte dich gleich anrufen, aber du warst noch nicht angekommen, darum beschloß ich, selbst herzufahren.«

»Wie bist du gekommen – mit Bahn oder Auto?«

»Im Taxi. Der nächste Zug wäre erst in zwei Stunden gegangen.«

»Du hast Peter nicht etwa überholt?«

»Unmöglich. Er fuhr seinen Lincoln selbst.«

Jeff biß sich die Nägel.

»Dieser Revolver beunruhigt mich. Peter ist kein Revolverheld. Warte –.«

Er nahm den Hörer und ließ sich nochmals mit seinem Vater verbinden. In knappen Worten teilte er ihm mit, was er von Lila erfahren hatte.

»Du mußt mich jetzt schützen«, schloß er besorgt. »Peter weiß alles.«

Der Alte sagte eine ganze Weile nichts, schien zu überlegen.

»Jonny muß es ihm gesagt haben. Ich hätte mir nicht träumen lassen, daß er es tun würde. Bleib im Hotel, geh nicht aus! Ich will die beiden Eingänge von zwei Burschen überwachen lassen, und wenn Peter seine Nase in die Pall Mall steckt, kriegt er eins auf den Pelz.«

Jeff legte langsam auf, setzte sich im Lehnstuhl zurecht und schlug ein Bein über das andere.

»Ich danke dir, Lila. Das ist für den Augenblick alles.«

»Das ist aber für mich noch lange nicht alles«, begann sie erregt. »Jeff, was soll jetzt werden? Ich habe versucht, dich festzuhalten. Du sagtest mir, du würdest eine platonische Ehe führen, wie es in der vornehmen Gesellschaft üblich wäre. Jeff, ich fange an, daran zu zweifeln.«

»Dann bist du eine kluge Frau.«

»Eine kluge Frau?« wiederholte sie. »Was willst du damit sagen?«

»Daß unser kleiner Roman für den Moment zu Ende ist.«

»Du sprichst doch nicht im Ernst?« fragte sie unsicher. »Du machst wohl Spaß? Du hast mir erklärt – und Emanuel hat es bestätigt –, daß ihr mit dieser Heirat lediglich bezweckt, von Peter vierzigtausend zu erpressen. Damit wolltet ihr euch aus dem Staube machen.«

»Inzwischen habe ich mich aber mit dem Mädchen aus dem Staub gemacht«, spöttelte Jeff. »Es hat gar keinen Zweck, Lärm zu schlagen, Lila!«

Sie stand auf und funkelte ihn zornentbrannt an.

»Hab' ich ein halbes Jahr Sklavendienste für dich geleistet und spioniert, Jeffrey Legge, um jetzt zu hören, daß unser kleiner Roman zu Ende ist?« fragte sie schrill. »Du hast mich hinters Licht geführt, du elender Betrüger! Und wenn ich es dir nicht heimzahle, will ich nicht Lila heißen.«

»Du heißt auch nicht Lila.« Jeff nahm eine Zigarre und zündete sie an. »Du hast nie so geheißen. Dein Name ist Jane – das heißt, wenn du mir nicht was vorgelogen hast. Nimm jetzt Vernunft an, Lila – ich habe fünfhundert für dich beiseite gelegt –.«

»Echtes Geld, will ich hoffen«, höhnte sie. »Nein, so billig kommst du nicht weg, Jeffrey Legge! Du hast mich von Anfang bis Ende getäuscht. Wenn du deine Versprechen nicht einhältst, werde ich . . .«

»Sag nicht, daß du pfeifen wirst«, unterbrach er sie und schloß die Augen mit dem Ausdruck angewiderter Ergebung. »Alle pfeift ihr – ich habe euch satt! Du glaubst doch nicht, ich hätte dir etwas anvertraut, das du ausschwatzen könntest? Nein, mein Kind, ich bin in mancher Hinsicht ein Narr, aber nicht in dieser. Du weißt gerade soviel von mir wie die Polizei oder Jonny Gray und Peter – nicht mehr, als von mir aus morgen schon in der Zeitung stehen könnte.«

Er holte seine Brieftasche hervor und klaubte aus einem dikken Bündel fünf Scheine heraus.

»Hier – deine Aussteuer, und nun – good-bye!«

Sie nahm die Scheine, faltete sie langsam zusammen und

steckte sie in ihre Handtasche. Ihr Gesicht hatte sich verfärbt, die Augen verengten sich zu schmalen Schlitzen.

Wenn sie in einem Wutanfall auf ihn losgestürzt wäre, hätte es ihn nicht erstaunt. Er war darauf vorbereitet. Aber sie sagte kein Wort, bis sie an der Tür stand und die Klinke in der Hand hielt.

»Drei Männer sind hinter dir her, Jeffrey Legge! Einer von ihnen wird dich kriegen – Reeder, Jonny oder Peter. Und wenn es keinem gelingt, dann hüte dich vor mir!«

Mit dieser Drohung verschwand sie und schlug die Tür zu, während Jeff die Befriedigung eines Mannes empfand, der eine ekelhafte Sache hinter sich gebracht hat.

8

In einer ruhigen Straße der Brockleyvorstadt lebte ein Mann, der keiner festen Beschäftigung nachzugehen schien. Er war groß, dünn, auffallend blaß und galt in der Gegend als heimlicher Nachtschwärmer. Nur wenige hatten ihn bei Tage gesehen. Die Neugierigen, die seiner verschwiegenen Haushälterin durch geschickte Kreuzfragen etwas über seine Tätigkeit zu entlocken versuchten, erfuhren verhältnismäßig wenig und dieses Wenige in ungenauer Weise. Polizisten auf ihren Nachtrunden und morgendliche Wanderer hatten ihn zu früher Stunde die Brockley Road heraufkommen sehen, offenbar von London her. Er war als Mr. J. G. Reeder bekannt und erhielt unter diesem Namen große, blaue Briefe, die amtliche Stempel und Siegel trugen. Die Postbeamten vermuteten deshalb, daß er im Staatsdienst stehe.

Das örtliche Polizeirevier nahm keine Notiz von ihm. Nie hatte jemand beobachtet, daß Mr. Reeder Besuch empfing – bis zu diesem Nachmittag, als Emanuel Legge vor seiner Tür erschien.

Legge senior war aus dem Gefängnis in die Welt der Geschäfte mit einem klareren Urteilsvermögen zurückgekehrt, als sein Sohn es besaß. Er war ein zu alter Verbrecher, um sich noch von Illusionen beherrschen zu lassen. Früher oder später mußte der

Arm des Gesetzes Jeffrey erreichen und die Straflosigkeit, die er jetzt genoß, ein Ende haben. Voll kluger Sorge für seine Nachkommenschaft hatte Emanuel beschlossen, einen kühnen Schritt zu wagen. Daß er es tat, war weder schmeichelhaft für die Justizverwaltung, noch sprach es für die Unbestechlichkeit der Polizeiorgane.

Während seiner Laufbahn hatte Emanuel manchen jungen Kriminalbeamten, aber auch etliche vorgerückteren Alters, bestochen. Er verstand die Kunst zu schmieren. In seinem Leben war er höchstens drei oder vier Menschen begegnet, die über Bestechung, wenn sie mehr oder weniger verhüllt erfolgte, erhaben gewesen wären. Ein Hunderter da und dort macht dem Gauner vieles leichter, ein Tausender hält das Licht von ihm ab. Ist aber einmal das Licht auf ihn gefallen, kann auch eine Million den unabwendbaren Gang der Justiz nicht mehr aufhalten. Emanuel wollte wirken, bevor das Licht auf seinen Sohn fiel.

Wenn seine Beobachtungen ihn nicht täuschten, hatte sich die Polizei seit den Tagen seiner Jugend wenig geändert. Mit dem Geheimdienst allerdings hatte er keine Erfahrungen sammeln können. Trotz der ungeheuren Summen, die der Staat in jedem Jahresbudget für diese Institution auswarf, glaubte er fest, der Geheimdienst sei nur die Erfindung eines sensationslüsternen Romanschriftstellers. Und jetzt zum Beispiel bildete er sich ein, Mr. Reeder wäre ein Mann, den nicht das Finanzministerium, sondern die Banken besoldeten. Es hatte eine monatelange Arbeit gekostet, Mr. J. G. Reeder ausfindig zu machen und näher ins Auge zu fassen. Alles übrige mußte kinderleicht sein – vorausgesetzt natürlich, daß Mr. Reeder mit sich reden ließ.

Die Art, wie ihn die Haushälterin, die öffnete, empfing, versprach nicht viel Gutes.

»Mr. Reeder ist beschäftigt und kann niemand empfangen.«

Emanuel setzte sein gewinnendstes Lächeln auf und schickte einen väterlichen Blick durch seine dicken Brillengläser.

»Wollen Sie so freundlich sein, ihm mitzuteilen, daß Mr. Legge aus Devonshire ihn gerne in einer besonderen Angelegenheit sprechen möchte?«

Sie schloß ihm die Tür vor der Nase zu und ließ ihn so lange warten, daß er schon annahm, selbst die Magie seines Namens und die Gedankenverbindung, die er hervorrufen mußte, würden ihm keinen Eintritt verschaffen. Diese Befürchtung bestätigte sich nicht. Die Tür öffnete sich wieder, er wurde eingelassen und eine Treppe hinauf in den ersten Stock geführt.

Das Haus machte einen soliden und bequemen Eindruck. Allerdings wirkte das Zimmer, in das er geführt wurde, ein wenig kahl und amtlich. Hinter einem Schreibtisch saß, mit dem Rükken zum Kamin, ein Mann zwischen fünfzig und sechzig. Sein mageres Gesicht hatte einen traurigen Ausdruck. Fast auf der Spitze der Nase saß ein Kneifer mit großen, runden Gläsern. Das Haar war von eigentümlich rotgrauer Farbe, und die Ohren standen ab. All das bemerkte Emanuel mit einem Blick.

»Guten Morgen – oder guten Tag, Mr. Legge.« Reeder erhob sich halb und streckte dem Besucher eine kalte, leblose Hand hin. »Wollen Sie sich setzen? Ich empfange in der Regel keine Besucher, aber Ihr Name kommt mir bekannt vor. Wo hab' ich ihn bloß schon gehört?«

Sein Kinn sank auf die Brust, wobei er seinen Blick über die Augengläser hinweg richtete.

»Ich wollte Ihnen eine kleine Mitteilung machen, Mr. Reeder«, sagte Emanuel. »Ich nehme an, es ist Ihnen bekannt, daß ich zu den Bedauernswerten gehöre, die durch Verrat ins Gefängnis gekommen sind?«

»Ja, ja, natürlich«, erwiderte Mr. Reeder mit klangloser Stimme. Sein Kinn sank noch tiefer, und seine blaßblauen Augen ruhten unbeweglich auf dem Besucher. »Natürlich, ich erinnere mich. Sie sind der Mann, der die Stahlkammer erbrochen hat. Natürlich, Sie sind es. Legge – Legge? Haben Sie nicht einen Sohn?«

»Ich habe einen Sohn, den besten Jungen auf der Welt«, bekräftigte Emanuel mit Gefühl.

Rechts von Mr. Reeder stand ein Telefon. Während der ganzen Unterhaltung rieb er mit dem Ärmelaufschlag seiner Alpakajacke den Griff des Hörers blank – ein nervöser, kleiner Tick, der Legge zuerst belustigte, mit der Zeit aber aufregte.

»Er hat nie Unannehmlichkeiten gehabt, Mr. Legge? Nein?

Ah, das ist ein Glück.« Er seufzte. »So viele junge Leute geraten heute in Unannehmlichkeiten.«

So genau wollte sich Legge nun auch wieder nicht über seinen Sohn unterhalten. Er wechselte das Thema, so gut es ging.

»Soviel ich weiß, Mr. Reeder, hat Sie die Regierung mit besonderen Aufgaben betraut – im Polizeidienst?«

»Nicht im Polizeidienst – nein, nein, sicher nicht im Polizeidienst. Ich kenne kaum einen Polizisten. Ich sehe sie oft auf der Straße – sehr malerische Figuren. Meist junge, kräftige Leute in der Blüte ihrer Jahre. Eine herrliche Sache, die Jugend, Mr. Legge! Sie sind gewiß sehr stolz auf Ihren Sohn?«

»Er ist ein braver Junge«, sagte Emanuel lakonisch.

Mr. Reeder stieß von neuem einen Seufzer aus.

»Kinder sind eine große Aufgabe. Ich frage mich oft, ob ich nicht froh sein sollte, nie geheiratet zu haben. Was für eine Beschäftigung hat Ihr Sohn, Mr. Legge?«

»Er arbeitet in einem Exportgeschäft«, antwortete Legge, ohne sich zu besinnen.

»So, so!« Mr. Reeder schüttelte den Kopf.

»In Dartmoor lernte ich natürlich vielerlei Menschen kennen«, sagte Emanuel. »Menschen, die mir nicht zusagten, da ich ja unschuldig war und meinen Knast – hm, meine Strafe nur der Intrige eines Mannes verdankte, dem ich manchen guten Dienst erwiesen . . .«

»Undank«, unterbrach Mr. Reeder mit einem Seufzer. »Ein schreckliches Laster! Wie dankbar muß Ihr Sohn dafür sein, daß er einen Vater hat, der ihm ungeachtet seiner eigenen Verfehlungen eine gute Erziehung gab und ihn auf dem rechten Wege hielt!«

»Na ja, man tut, was man kann.« Emanuel hielt den Zeitpunkt für gekommen, etwas deutlicher zu werden. »Nun hören Sie mal, Mr. Reeder – ich bin ein aufrichtiger Mann und spiele mit offenen Karten. Es ist mir zu Ohren gekommen, daß die Herren, für die Sie tätig sind, unter dem Eindruck stehen, mein Sohn habe etwas mit dem Druck – falscher Banknoten zu tun. Noch nie in meinem Leben hat mich etwas so getroffen wie dieses Gerücht. Darum sagte ich mir gleich: Ich will geradewegs zu

Mr. Reeder gehen und die Sache mit ihm besprechen. Er ist ein Gentleman und wird die Gefühle eines Vaters verstehen. Manche Menschen, Mr. Reeder . . .« Legge stützte die Ellbogen auf den Tisch, beugte sich vor und stimmte einen vertraulicheren Ton an. »Manche Menschen haben falsche Eindrücke und Vorstellungen. Kürzlich noch sagte mir jemand: Dieser Mr. Reeder ist ein ruinierter Mann, er ist so verschuldet, daß er gerichtliche Vorladungen bekommt . . .«

»Eine momentane Verlegenheit«, wehrte Mr. Reeder ab. »Man hat zuweilen solche Perioden finanzieller – Depression durchzumachen.«

Er bearbeitete den Hörer mit noch größerer Heftigkeit.

»Ich kann mir nicht denken, daß Sie sehr gut bezahlt werden. Entschuldigen Sie diese persönliche Bemerkung, aber ich weiß, was Armut bedeutet. Ich habe Leute aus der besten Gesellschaft getroffen, und wenn sie mich fragten: ›Mr. Legge, könnten Sie mir mit ein- oder zweitausend aushelfen?‹, nun, dann zog ich sie einfach hervor –.«

Er streckte die Hand in die Tasche und brachte einen ganzen Stoß Banknoten zum Vorschein, der von einem Gummiband zusammengehalten wurde.

Mr. Reeder betrachtete den Haufen Geld mit dem gleichen unbefangenen Interesse, das er bisher Emanuel gewidmet hatte. Behutsam streckte er die Hand aus, ergriff den obersten Schein, befühlte ihn, ließ ihn zwischen den prüfenden Fingern rascheln und blickte schnell nach dem Wasserzeichen.

»Echte Scheine«, sagte er anerkennend und gab die Banknote sichtlich widerstrebend zurück.

Emanuel nahm sie in Empfang.

»Wenn ein Mann in Schwierigkeiten ist, frage ich nicht, wer oder was er ist. Ich frage nur: Können Ihnen ein oder zwei Tausender nützlich sein?«

»Können sie es?«

»Können sie was?« erkundigte sich, aus dem Konzept gebracht, Emanuel.

»Können sie ihm denn nützlich sein?« wiederholte Mr. Reeder.

»Aber natürlich können sie das«, versicherte Legge. »Ein

Gentleman kann sich in noch so großer Bedrängnis befinden, die Hauptsache ist, daß er im entscheidenden Augenblick ein paar Tausender zur Verfügung hat, die ihn vor einem Skandal bewahren. Kein Gericht wird ihm dann etwas anhaben können.«

»Sehr richtig, sehr richtig!« Mr. Reeder schien aufs tiefste gerührt. »Ich hoffe, daß Sie diese klugen und originellen Ansichten auch Ihrem Sohn vermitteln. Er kann wirklich von Glück reden, so einen Vater zu haben!«

Emanuel verwünschte ihn im stillen.

»Zweitausend Pfund?« fragte Reeder nach einer Weile, in Gedanken. »Nun, wenn Sie fünftausend gesagt hätten ...«

»Ich sage fünftausend«, unterbrach Emanuel eifrig. »Auf eine Kleinigkeit soll es mir nicht ankommen.«

»Wenn Sie fünftausend gesagt hätten«, fuhr Mr. Reeder fort, »so hätte ich gewußt, daß dreitausend – falsches Geld sind. Sie haben nämlich heute morgen von der City and Birmingham Bank nur zweitausend, in lauter Hundertpfundscheinen, Serie G. I. 19721 bis 19740, abgehoben. Wenn ich mich irre, korrigieren Sie mich. Sie könnten natürlich noch echtes Geld in Ihrem kleinen Hotel gehabt haben, vielleicht hat Ihnen auch Ihr Sohn dreitausend als eine Art Hochzeitsgeschenk in die Hand gedrückt. Aber nein, nein, ich vergaß, ein junger Ehemann macht keine Hochzeitsgeschenke, er bekommt welche, nicht wahr? Wie töricht ich bin! Stecken Sie Ihr Geld ein, Mr. Legge. Kennen Sie Hilly Fields? Ein entzückender Ort. Sie müssen einmal am Sonntag zum Tee kommen, dann gehen wir zusammen hin. Ja ...« Er hustete und rieb sich die Nase mit seinem langen Zeigefinger. »Was die gerichtlichen Vorladungen betrifft – sie wurden ausgefertigt, um Sie zu veranlassen, herzukommen. Ich wollte Sie so gerne sehen und wußte, daß Sie der Lockung meines Geldmangels kaum widerstehen könnten.«

Emanuel Legge saß sprachlos da.

»Kennen Sie einen Mann namens Golden?« fragte Reeder. »Ach ja, das war vor Ihrer Zeit. Haben Sie je von ihm gehört? Er war mein Vorgänger. Er sagte immer: ›Sobald ich schrieb, erschien der Dieb‹ – töricht, nicht wahr? Guten Tag. Mr. Legge! Sie werden doch hinunterfinden?«

Reeder senkte den Kopf und vertiefte sich in die Arbeit, die sein Besucher unterbrochen hatte.

»Ich möchte nur noch eines sagen, Mr. Reeder ...« Legge hatte sich erhoben.

»Sagen Sie es meiner Haushälterin«, flehte Reeder, ohne aufzusehen. »Sie hört furchtbar gern Geschichten – guten Tag, Mr. Legge!«

9

Emanuel Legge kehrte ins Bloomsbury Hotel zurück, wo er logierte. Kein Brief war für ihn da, kein Besucher hatte nach ihm gefragt. Sieben Uhr. Ob Jeff seine Ungeduld gemeistert hatte? Er mußte ihn warnen. Jonny Gray war tot oder lag in einem Krankenhaus, kam jedenfalls nicht mehr in Betracht, und Peter Kane konnte im Augenblick schwerlich etwas ausrichten. Mr. J. G. Reeder beschäftigte Emanuels Gedanken weit mehr. Dieser langweilige Geheimagent mit der kläglichen Stimme, seine überraschenden Sachkenntnisse und unaufhörlichen Anspielungen auf Jeffrey, machten ihn sehr unruhig. Jeff mußte England verlassen, solange es noch Zeit war. Wenn er nicht so ein Narr gewesen wäre, hätte er schon an diesem Abend die Reise antreten können. Jetzt war es unmöglich.

Peter war nicht im Carlton gewesen, sonst hätten die dort aufgestellten Beobachter etwas von sich hören lassen. Wenn Emanuel nicht die beunruhigende Unterhaltung mit Reeder gehabt hätte, wäre er Peters wegen besorgter gewesen, denn Peter Kane war dann am gefährlichsten, wenn er zu zögern schien.

Um acht Uhr abends brachte ein Knabe einen Brief ins Hotel. ›E. Legge‹ stand auf dem schmutzigen, abgegriffenen Umschlag. Emanuel nahm den Brief mit in sein Zimmer hinauf und schloß erst die Tür ab, bevor er ihn öffnete. Er kam von einem in alles eingeweihten Gehilfen Jeffs, dem ersten Adjutanten des ›großen Druckers‹, einem unbedingt zuverlässigen, aber ungebildeten Mann. Sechs eng beschriebene Seiten, voll von Fehlern und Tintenklecksen – Emanuel las den Brief ein paarmal und war sehr bestürzt.

›Jonny Gray ist glücklich aus dem Tunnel heraus und will zu Reeder, um zu pfeifen‹, begann die Botschaft dramatisch, doch das war nur der Anfang.

Emanuel begab sich an diesem Abend in einen Klub im Westend von London, in dessen Listen sein Name auch über all die Jahre hin geführt worden war, als er kaum Gelegenheit gehabt hätte, seine Mitgliedschaft auszuüben. Der Klub befand sich im dritten und vierten Stock eines Gebäudes, dessen untere zwei Stockwerke an einen italienischen Restaurateur vermietet waren. Verschiedene Eigentümlichkeiten zeichneten sowohl den Highlowklub als auch das Gebäude, in dem er sich befand, aus. Zum Beispiel existierte keine Treppe zu den Klubräumen hinauf. Von der Straße aus traten die Mitglieder in einen engen, separaten Korridor, der neben dem Restauranteingang lag, und von dort fuhr sie ein Lift direkt in den dritten Stock hinauf. Die Behörden hatten beim Erteilen der Baubewilligung darauf bestanden, daß an der Hauswand nach dem Hof hinaus eine stabile Rettungsleiter, die bei Feuergefahr Sicherheit bieten sollte, angebracht wurde. Den Mitgliedern paßte diese Vorschrift recht gut. Viele von ihnen pflegten die Klubräume überhaupt nur auf letzterem Wege zu betreten. Zu diesem Zweck stand meist ein Fenster offen.

Auf dem flachen Dach des Hauses gab es noch einen kleinen Oberbau, der von den Mitgliedern nicht benützt werden konnte. Ebenfalls nicht allgemein zugänglich war das ganze Erdgeschoß.

Als Emanuel Legge aus dem Lift in den breiten, mit Teppichen belegten Gang des Klubs hinaustrat, wurde er von dem livrierten Portier, der von seinem Sitz aus den Aufzug und die Räumlichkeiten überwachte, ehrerbietig begrüßt. Daß Emanuel im Highlowklub Hochachtung genoß, hatte seinen guten Grund. In Wirklichkeit war er der Besitzer des Klubs. In den Jahren, als er im Gefängnis saß, hatte sein Sohn den Betrieb überwacht.

Der Portier, ein ehemaliger Boxer und eine imposante Erscheinung, der gerade darum auf diesen Posten gesetzt worden war, kam eilig hinter seinem Pult hervor.

»Jemand da?« fragte ihn Legge.

Stevens nannte einige Namen.

Der Highlowklub besaß seltsamerweise kein gemeinschaftliches Gastzimmer. Die beiden Stockwerke umfaßten vierzehn einzelne, getrennte Speisezimmer und einen großen, elegant möblierten Spielsaal. Die Mahlzeiten wurden vom italienischen Restaurant geliefert und in einem besonderen Aufzug ins Anrichtezimmer des Klubs befördert. Eine eigentliche Geselligkeit gab es unter den Mitgliedern nicht, und die wenigsten von ihnen kümmerten sich um die internen Geheimnisse des Klubs. Weder wußten sie, daß Emanuel Legge das Unternehmen dirigierte, noch daß er während seiner fünfzehnjährigen, unfreiwilligen Abwesenheit durch seinen Sohn vertreten worden war. Letzteres war nicht einmal Peter Kane, dem einstigen Spießgesellen, bekannt.

»Ich möchte das Klubbuch sehen«, sagte Legge.

Der Portier holte aus seinem Pult einen roten Band, in dem Emanuel zu blättern begann. Sein Zeigefinger lief schnell die Seiten hinab und machte plötzlich halt.

»Ach ja . . .« Er schloß das Buch und gab es zurück.

»Erwarten Sie jemand, Mr. Legge?« fragte Stevens.

»Nein, ich erwarte niemand.«

»Wie ich hörte, hat Mr. Jeffrey heute geheiratet, Sir? Das ganze Personal wünscht ihm Glück . . .«

Das ganze Personal wünschte keineswegs Glück. Weder beim Personal noch bei den Mitgliedern waren die beiden Legges, sofern man sie überhaupt kannte, sonderlich beliebt.

»Das ist sehr nett von Ihnen, wirklich nett«, brummte Emanuel.

»Essen Sie hier, Sir?«

»Nein, nein, ich esse nicht hier. Ich wollte nur einmal hereinschauen, weiter nichts.«

Er öffnete die Lifttüre, und erleichtert sah ihn Stevens hinunterfahren.

Es war halb neun, und die Lichter begannen zu funkeln, als Emanuel auf die Shaftesbury Avenue zuging. Glücklicherweise befand er sich gerade an der Ecke einer Seitenstraße, sonst wäre er Peter Kane direkt in die Arme gelaufen. Er konnte schnell in einer Toreinfahrt in Deckung gehen und beobachten, wie Kane, in Gedanken versunken, die Augen auf den Boden geheftet, vorbeiging. Unter dem leichten Überzieher trug er noch immer den Frack. Dem Klub gegenüber blieb er stehen, schaute eine Weile hinauf und ging dann weiter.

Legge, der ihm heimlich folgte, lachte still vor sich hin. Der Klub konnte an diesem Abend keine angenehmen Erinnerungen in Peter Kane wachrufen. Im Highlow hatte er ›Major Floyd‹, einen jungen Kanadier von angenehmem Äußeren, zum erstenmal getroffen. Dort war Peter in die Falle gegangen. Jeff Legges Auftritt als Major Floyd war mit großem Geschick bewerkstelligt worden, und da Peter nur selten in den Klub kam, mußte er erst auf unauffällige Weise hingelockt werden. An dem vorgesehenen Abend hatte Peter den, wie er meinte, ahnungslosen jungen Mann in den Händen einer Falschspielerbande angetroffen und ihn aus so gefährlicher Umgebung ›gerettet‹. Aus großer Dankbarkeit hatte ihm dann der ›Major‹ bei der ersten Gelegenheit einen Besuch abgestattet. So außerordentlich einfach war es gewesen, Peter zu fangen. Es würde, dachte Emanuel, für Peter weit schwieriger sein, ihn zu fangen.

Er wartete, bis die Gestalt im abendlichen Gewühl verschwand und wandte sich wieder der Avenue zu. Nach diesem eher unterhaltsamen Zwischenspiel kehrte das Bewußtsein der ernsten Gefahren und Möglichkeiten zurück, deren drohendste Überführung des ›großen Druckers‹ hieß. Reeder, Gray, Kane – sie alle arbeiteten darauf hin, wenn auch von verschiedenen Punkten aus. In dieser Nacht noch mußte eine Entscheidung fallen – Sieg oder Niederlage. Noch hatten sie ein Pfand von unschätzbarem Wert in Händen – Kanes Tochter mit Leib und Seele.

Bald nachdem er Peter aus den Augen verloren hatte, tauchte eine andere bekannte Person auf. Mit eiligen Schritten kam ein Mädchen die Straße entlang und verschwand im Klubeingang. Trotz der Bedenken des Liftführers bestand sie darauf, hinaufgefahren zu werden. Der Portier hörte die Warnglocke und wartete, bis die Lifttüre aufging. »Wo ist Emanuel?« fragte Lila.

»Soeben weggegangen«, sagte der Portier.

»Das ist eine Lüge. Wenn er eben erst weggegangen wäre, müßte ich ihn gesehen haben.«

Sie befand sich offensichtlich in großer Erregung. Stevens, der den Grund erriet, versuchte zu scherzen:

»Es hat heute eine Hochzeit gegeben, wie? Aber was hat es für einen Zweck, Lila, Skandal zu machen? Sie wissen doch, daß Sie nicht herkommen dürfen. Mr. Legge hat befohlen, Sie nicht einzulassen, solange Sie bei Kane in Stellung sind.«

»Wo ist Emanuel?« wiederholte sie.

»Ich sage Ihnen, er ist weggegangen – so glauben Sie es doch endlich!«

»Ist er in sein Hotel gegangen?«

»Jawohl, so ist es. Nehmen Sie jetzt Vernunft an, liebes Kind! Es kann jemand kommen. Jonny Gray war gestern abend hier, und er ist ein Freund von Peter.«

»Jonny weiß alles über mich«, widersprach sie ungeduldig. »Außerdem habe ich Peters Haus verlassen.«

Sie machte kehrt. Vor dem offenen Lift zögerte sie noch einen Moment, dann trat sie rasch hinein.

Bis halb zehn hatte der Portier zu tun. Die Gäste kamen einzeln oder in kleinen Gruppen und wurden nach dem Buch kontrolliert und eingetragen. Stevens sah auf die Uhr.

»Fünf Minuten nach halb zehn«, sagte er und drückte auf einen Klingelknopf.

Ein Kellner erschien.

»Eine Flasche Wein nach Nummer dreizehn«, trug ihm Stevens auf.

Der Kellner blickte ihn überrascht an.

»Nummer dreizehn?« wiederholte er, als traute er seinen Ohren nicht.

»Ja, ganz richtig.«

10

Jeff nahm das Abendessen einsam und düster ein. Die Situation behagte ihm nicht. An seinem Hochzeitstag speiste er allein, durch eine verschlossene Tür von seiner Frau getrennt!

Er wollte die seltsam geformten Zangen, die sein Vater geschickt hatte, ausprobieren, öffnete die Korridortüre des Salons, drehte den Schlüssel herum und versuchte das Schloß von der andern Seite mit den Instrumenten zu bearbeiten. Der Schlüssel, der im Schloß steckte, ließ sich tatsächlich leicht zurückdrehen. Befriedigt steckte Jeff die Werkzeuge in die Tasche. Er hörte, wie im Nebenzimmer ein Tisch abgeräumt wurde. Er zündete seine vierte Zigarre an, trat auf den Balkon hinaus und sah auf die belebte Straße hinunter. Es war die Zeit des Theaterbeginns, eine lange Schlange von Wagen rollte Haymarket zu. Ein Restaurant auf der gegenüberliegenden Straßenseite erstrahlte in vollem Lichterglanz. Etwas weiter oben an der Ecke spielte eine Veteranenkapelle die Ouvertüre zu ›Lohengrin‹.

Jeff entdeckte unten auf der Straße einen der Aufpasser, den sein Vater dort aufgestellt hatte für den Fall, daß Peter Kane auftauchen sollte. Aber wäre Peter, wenn er etwas wüßte, nicht schon längst gekommen? – Seltsam, von Jonny schien Emanuel überhaupt keine Gefahr zu befürchten, überlegte Jeff.

Er schlenderte ins Zimmer zurück und ging auf die verschlossene Tür zu. »Marney!« rief er leise.

Keine Antwort. Er klopfte an die Tür.

»Marney, komm her! Ich möchte mit dir sprechen. Du brauchst die Tür nicht zu öffnen. Ich will dich nur etwas fragen.«

Stille. Er drückte auf die Klinke – verschlossen.

Er zog die Instrumente aus der Tasche, steckte die dünnen Enden ins Schlüsselloch, bekam den im Schloß steckenden Schlüssel zu fassen und drehte ihn herum. Ahnungsvoll riß er die Tür auf und stürzte ins Zimmer. Es war leer, das Badezimmer gleichfalls. Er lief zur Korridortür. Sie war abgeschlossen, und zwar von außen. Schweiß trat auf seine Stirn. Er eilte zurück in den Salon und hinaus in den Korridor. Das erste Wesen, das er erblickte, war der Zimmerkellner.

»Die gnädige Frau, Sir? Ja, sie ist vor einer Weile hinausgegangen.«

»Hinausgegangen? Sind Sie verrückt? Wohin?« schrie Jeff wütend.

»Ich weiß nicht, Sir. Sie ist eben hinausgegangen. Ich sah sie durch den Korridor gehen.«

Jeff sprang wie ein Verrückter die Treppen hinab. Der Concierge hatte die junge Frau nicht gesehen, ebensowenig die Pagen und der Portier. Jeff eilte auf die Straße hinaus und winkte den Aufpasser heran.

»Aus diesem Eingang ist sie nicht gekommen. Der andere geht auf die Pall Mall hinaus. Dort steht Jimmy Low.«

Doch der Mann am Pall Mall-Eingang hatte sie auch nicht gesehen. Jeff ließ den Geschäftsführer kommen.

»Wir haben nur diese zwei Ausgänge, Sir, es sei denn, die Hintertreppe und der Lieferanteneingang würden benützt.«

»Das verfluchte Zimmermädchen, die Waliserin –«, stieß Jeff hervor. »Wo ist sie? Kann ich sie sprechen?«

»Sie hat sich heute nachmittag dispensieren lassen, Sir«, gab der Geschäftsführer an. »Kann ich etwas für Sie tun? Vielleicht hat die Dame einen Spaziergang machen wollen? Kennt sie London?«

Jeff nahm sich keine Zeit zu antworten, er flog die Treppen wieder hinauf und untersuchte das Zimmer. Der Kleiderkoffer, der, wie er wußte, im Schlafzimmer Marneys gestanden hatte, war fort. Auf dem Boden sah er einen Zetel liegen und hob ihn auf. Er war aus einem Notizbuch herausgerissen worden und enthielt nur einige eilig hingekritzelte Zeilen. Jeffs Augen leuchteten auf, als er sie las. Er steckte das zerknitterte Blatt in die Tasche und ging in den Salon zurück.

»Zimmer dreizehn –«, murmelte er, »Zimmer dreizehn wird heute abend Überraschungen erleben!«

Wenig später erreichte er das Klubgebäude und stand ungeduldig im Aufzug, der ihm nicht schnell genug fuhr. Im dritten Stock stieg er aus und überfiel den Portier mit Fragen.

»Nein, Sir, sie sind noch nicht gekommen. Heute abend ist alles besetzt, Sie haben doch kein Zimmer bestellt? Wir haben über Ihr eigenes verfügen müssen, Mr. Legge hat es so angeordnet. Wir geben es sonst nicht oft ab.«

»Schon gut«, sagte Jeff, »machen Sie sich darüber keine Sorgen. Zeigen Sie mir das Buch!« Er las und nickte. »Schön, jetzt sagen Sie mir, wer schon hier ist.«

»In drei Mr. George Kurlu mit einigen Freunden, in vier Mr.

Bob Albutt und die beiden jungen Damen, mit denen man ihn oft zusammen sieht . . .« Er zählte weiter auf, bis er bei dreizehn anlangte.

»Über dreizehn bin ich genügend unterrichtet«, wehrte Jeff ab. »Es ist gut. Kümmern Sie sich nicht weiter um mich.«

Er schritt den teppichbelegten Korridor entlang, bog rechts in den Seitengang ein und blieb vor einer Tür stehen, auf deren glattpolierter Füllung eine goldene ›13‹ leuchtete. Er öffnete und trat ein. Auf einem Tisch mit roter Decke standen eine Weinflasche und zwei Gläser.

Es war ein mittelgroßes Zimmer, das mit einem Eßtisch, vier Stühlen, einem Sofa und einem Lehnsessel möbliert war; die eine Wand füllte ein Büfett fast völlig aus. Das Zimmer war voll erleuchtet – sechs Wandlampen und der Kronleuchter über dem Tisch. Jeff schloß die Tür nicht, sondern ließ sie angelehnt. Für sein Vorhaben war es zu hell. Er drehte zuerst die Wandlampen und dann die Birnen des Kronleuchters aus, bis auf eine. Er zog sich einen Stuhl heran, setzte sich mit dem Rücken zur Tür und starrte in den leeren Kamin. Nach einigen Minuten hörte er das schwache Summen des Aufzugs und lächelte.

11

»Parker«, sagte Jonny, als er gemächlich seinen Frack anzuziehen begann, »haben Sie jemals einen Menschen umgebracht?«

»Nein, Sir, hab' ich nicht. Als junger Mann überfuhr ich einmal eine Katze. Ich war ein großer Radfahrer in meiner Jugend.«

»Einen Menschen haben Sie also nie umgebracht? Und auch nie umbringen wollen?«

»Nein, Sir, das könnte ich eigentlich nicht behaupten«, meinte der Diener nach kurzem Zögern, als hätte er seine Erfahrungen in dieser Richtung erst einer raschen Prüfung unterziehen müssen.

»Es ist ein schönes Gefühl, Parker! – Hat sie eine hintere Tasche?« fragte Jonny und tastete seine Hose ab. »Ja, es ist eine da.«

»Leider«, erwiderte Parker. »Ich bedaure wirklich, daß eine da ist. Die Herren haben die Gewohnheit, ihre Zigarettenetuis in der hinteren Hosentasche unterzubringen, was zur Folge hat, daß der Frackschoß seine Fasson verliert.«

»Beruhigen Sie sich – ich trage es nicht in dieser Tasche.«

»Etwas Dickeres würde natürlich noch schlimmer sein«, bemerkte Parker.

Jonny hielt es für angezeigt, diese Diskussion abzubrechen, und befahl:

»Bestellen Sie mir ein Auto.«

Jonny Gray verließ den Wagen in der Shaftesbury Avenue und schlenderte Richtung Klub. Es war halb zehn, als er am Piccadilly vorbeikam.

Es galt als ungeschriebenes Gesetz für alle Mitglieder des Highlowklubs, daß niemand im Wagen vor dem Klub vorfuhr. Daher war seine Existenz sogar den Taxifahrern unbekannt.

Kurz bevor Jonny das Klubgebäude erreichte, sah er eine bekannte Gestalt die Straße überqueren. Es war Jeff Legge. Gray kehrte um und ging den Weg, den er gekommen war, nochmals zurück. Es wäre ihm in diesem Augenblick etwas peinlich gewesen, Jeff zu begegnen oder gar mit ihm zusammen im Lift hinauffahren zu müssen.

Etwas später jedoch verließ auch er im dritten Stock den Lift und trat schmunzelnd vor Stevens Pult.

»Guten Abend, Captain!« Der Portier grinste. »Ich freue mich, Sie wieder zu sehen. Gestern war ich leider nicht hier, als Sie kamen. Ich hoffe, Sie haben es auf dem Lande nicht allzu schlecht getroffen?«

»Ich war auf Reisen, lieber Freund, auf Reisen«, brummte Jonny vorwurfsvoll, und der Portier kicherte. »Wohl immer noch die alte Gesellschaft hier?«

»Ja, Sir.«

»Und wird immer noch über die Feuerleiter ausgerissen, wenn die Greifer kommen – oder habt ihr alle Greifer bestochen?«

»Ich glaube, es ist nicht viel zu befürchten. Wir haben oft ein paar von diesen Herren hier zum Essen. Der Klub ist mitunter sehr anständig.«

»Wer von den Herren Greifern amüsiert sich denn hier?«

»Ach, wir sehen zuweilen Mr. Craig – einmal kam auch dieser Reeder. Er erschien ganz allein und bestellte einen Tisch für sich! Ist das zu verstehen? Kam, speiste allein, sah keinen Menschen an und ging wieder fort. Ich glaube, er ist nicht ganz richtig da oben.« Stevens tippte vielsagend an seine Stirn. »Und er sieht wahrhaftig nicht nach einem Greifer aus.«

»Ich glaube auch nicht, daß er Detektiv ist«, sagte Jonny nebenbei. »Nach allem, was ich hörte, hat er gar nichts mit der Polizei zu tun.«

»Ist er Privatdetektiv?« fragte der Portier enttäuscht.

»Nicht gerade. Doch wie dem auch sei – er wird Sie und Ihre ehrenwerten Mitglieder nicht belästigen. Wer ist eigentlich da?«

Der Portier blickte nach beiden Seiten und sagte bedeutsam:

»Ein gewisser Herr, den Sie kennen, ist da.«

Jonny lachte.

»Das wäre ein drolliger Klub, wenn niemand da wäre, den ich kenne. Gut, überlassen Sie mich meinem Schicksal, keine Umstände, ich werde schon eine kleine Ecke finden.«

Wenige Sekunden nachdem Jonny das Empfangspult verlassen und sich zu den Klubzimmern begeben hatte, hob der Portier den Kopf und lauschte.

»Was war das?« fragte er den wartenden Liftführer.

»Nichts – irgend jemand hat eine Tür zugeschlagen.«

»Mag sein.« Stevens beugte sich wieder über sein Buch. Er trug die Namen der Abendgäste ein. Vorsichtshalber tat er es mit Bleistift, denn nicht selten verlangten die Mitglieder, daß dieses Indiz schleunigst wieder beseitigt wurde.

12

Jeff sah auf seine Uhr. Viertel vor zehn. Er hob den Kopf zur Lampe empor. Als er sein Gesicht im Büfettspiegel erblickte, nickte er befriedigt. Zimmer 13 . . .

Er hörte die Tür gehen, sah sich jedoch nicht um.

Ein Schuß krachte.

Jeff fühlte einen scharfen, stechenden Schmerz von unerträglicher Heftigkeit und fiel vornüber auf die Knie. Zweimal versuchte er, sich zu erheben, dann sank er stöhnend zusammen und stürzte mit dem Kopf in den leeren Kamin.

Nichts regte sich, im Zimmer 13 herrschte tiefe Stille. Eine dünne, blaue Wolke schwebte zur Decke empor, als sich die Tür etwas weiter öffnete. Jonny Gray trat ein, die rechte Hand in seiner Manteltasche. Langsam ging er auf die zusammengesunkene Gestalt zu, drehte sie auf den Rücken und durchsuchte rasch die Taschen. Das Papier, das er herauszog, hob er ans Licht, las und steckte den Zettel in die eigene Tasche. Beim Hinausgehen schloß er die Tür hinter sich und schlenderte gemächlich durch die Korridore zurück.

»Sie bleiben nicht, Captain?« fragte der Portier überrascht.

»Nein, es ist niemand da, den ich kenne. Merkwürdig, wie die Mitglieder wechseln.«

»Verzeihung, Captain –« Stevens trat auf Jonny zu und bückte sich. »Sie haben da ein wenig Blut an der Manschette.« Er holte sein Taschentuch hervor und rieb auf dem Fleck herum. Ihre Blicke trafen sich. »Ist was passiert, Captain?«

»Nichts, worüber ich etwas zu sagen hätte. Guten Abend.«

»Guten Abend, Sir.«

Stevens stand an seinem Pult und starrte auf die Glastüre des Aufzugs. Er wartete, bis der Lift wieder heraufkam.

»Bleiben Sie einen Augenblick hier – wenn jemand klingelt, warten Sie, bis ich zurück bin!« befahl er dem Boy.

Er lief durch den Korridor und den Seitengang. An der Tür von Nr. 13 klopfte er. Niemand antwortete. Er klinkte auf. Der erste Blick sagte ihm alles, was er wissen mußte. Leise schloß er die Tür und rannte zu seinem Pult zurück. Dem Liftboy, der mit offenem Mund dastand, rief er zu:

»Gehen Sie in alle Zimmer und sagen Sie, daß ein Mord begangen worden ist. Bringen Sie alle hinaus!«

Seine Hand war feucht, als er den Telefonhörer abhob.

»Hier Highlowklub . . . Ist dort das Charing Cross Krankenhaus? Ich brauche einen Krankenwagen – ja, Boburn Street acht. Ein Unglück ist passiert . . .«

Er legte auf und wählte gleich darauf eine andere Nummer.

»Highlowklub ... Ja – ist dort die Polizeiwache? Hier spricht der Portier im Highlowklub, Sir. Eines unserer Mitglieder hat sich erschossen ...«

Im Korridor standen die aufgeregten Kellner herum. Die letzten aufgestörten Gäste hatten sich in den Lift gedrängt. Als der Liftführer mit dem leeren Aufzug wieder heraufkam, schärfte ihm Stevens ein:

»Benny, Captain Gray ist heute abend nicht hiergewesen. Verstehen Sie? Captain – Gray – ist – heute – abend – nicht – hier – gewesen!«

Das Klubbuch lag offen auf dem Pult. Er nahm seinen Bleistift und schrieb auf die Zeile, wo Grays Name hätte stehen sollen: Mr. William Brown aus Toronto.

Alle Gäste waren verschwunden, als die Polizei ankam. Zugleich mit dem Arzt und dem Krankenwagen traf auch Bezirksinspektor Craig ein.

»Nicht tot«, stellte der Arzt nach einer kurzen Untersuchung fest, »aber er kann auf dem Transport ins Krankenhaus sterben.«

»Ist es Selbstmord?«

»Nein. Selbstmörder pflegen sich in der Regel nicht unter das rechte Schulterblatt zu schießen. Das wäre eine schwierige Sache – versuchen Sie es mal! Ich möchte sagen, daß man von der offenen Türe aus auf ihn geschossen hat.«

Er brachte einen Notverband an. Jeffrey wurde in den Fahrstuhl getragen, im unteren Gang auf die bereitstehende Bahre gelegt und mit einer Decke verhüllt, durch die Menge getragen, die sich am Eingang angesammelt hatte.

Craig stand oben beim Portierpult.

»Mord oder Mordversuch, je nachdem«, sagte er. »Jemand hat die Gäste verschwinden lassen. Wohl Sie, Stevens? Zeigen Sie mir Ihr Buch!«

Der Inspektor ging die letzten Eintragungen durch. Bei Zimmer 13 hielt er inne.

»Mr. William Brown aus Toronto. – Wer ist Mr. Brown aus Toronto?«

»Ich weiß nicht, Sir. Er hat telefonisch ein Zimmer bestellt. Ich habe ihn nicht fortgehen sehen.«

»Die alte Feuerleiter funktioniert wohl noch immer, was?« fragte Craig ironisch. »Sonst noch jemand aus Toronto dagewesen? Wer ist der Verwundete? Sein Gesicht kam mir bekannt vor.«

»Major Floyd, Sir.«

»Wer?« fragte Craig scharf. »Unmöglich! Major Floyd ist . . .«

Es war Floyd! Er hatte ihn nicht gleich erkannt, aber jetzt wurde es ihm klar. Floyd, mit dem er heute mittag noch am gleichen Tisch gesessen hatte! Der glückliche Ehemann . . .

»Was machte er hier?« fragte er. »Nun, Stevens, heraus damit, wenn Sie selbst nicht schlimmste Unannehmlichkeiten haben wollen.«

»Das ist alles, was ich weiß, Sir«, sagte Stevens störrisch. »Es war Major Floyd.« Dann kam ihm eine Erleuchtung. »Wenn Sie wissen wollen, wer Major Floyd war – es war Jeff Legge. Floyd ist nur ein Deckname.«

»Was? Wer?« Craig hatte in seinem Leben schon manchen Schock erlitten, aber seit Jahren keinen so vehementen wie diesen. »Jeff Legge, sagen Sie? Der Sohn des alten Legge?«

»Ja. Nur wenige von uns kennen ihn. Jeff arbeitet im Verborgenen.«

»Das läßt sich nicht bestreiten! Ich habe ihn nie gesehen«, gab Craig zu. »Ich wußte natürlich, daß Legge einen Sohn hat, aber ich wußte nicht . . . Guter Gott! Mrs. Floyd muß benachrichtigt werden. Peter Kanes Tochter! Wußte Peter nicht, daß er sie mit Legges Sohn verheiratete?«

»Ich weiß nicht, ob er es wußte oder nicht«, erwiderte Stevens, »aber wie ich den alten Kane kenne, hätte er sie lieber zum Teufel in die Hölle geschickt, als sie mit Emanuel Legges Sohn zu verheiraten. Ich pfeife jetzt sozusagen«, meinte er entschuldigend, »aber Sie müssen es ja doch erfahren.«

»Kommen Sie mal!« befahl Craig.

Er nahm den Portier am Arm, führte ihn an den wartenden Beamten vorbei durch den Korridor und öffnete die Tür eines

Klubzimmers. Die Unordnung auf dem Tisch zeugte von der eiligen Flucht der Gäste.

»So, nun sagen Sie mir, Stevens«, begann Craig, nachdem er die Tür geschlossen hatte, »was die ganze Geschichte zu bedeuten hat!«

»Ich weiß nicht alles, Mr. Craig, nur soviel, daß sie seit langer Zeit etwas gegen Peter Kane im Schilde führten. Eines Abends brachten sie Peter hierher und führten ein Theater auf, so als wäre Jeff irgendein Dummkopf, dem sie es besorgen wollten. Peter hatte Jeff noch nie gesehen – ich selbst wußte damals tatsächlich auch nicht, daß es Jeff war. Sie legten Peter richtig herein. Er nahm sich des Jungen, des Opfers, wie er glaubte, an und ging mit ihm weg. Jeff trug die Uniform eines kanadischen Offiziers und log ihm natürlich was vor. Sonst wäre er nicht der Sohn seines Vaters. So lernte er die Kanes kennen und wurde zu ihnen eingeladen.«

»Wo ist das Mädchen?« fragte Craig.

»Das kann ich Ihnen nicht sagen. Irgendwo in London.«

»Vermutlich noch im Carlton. Und jetzt, Stevens, müssen Sie mir sagen – wer ist Mr. Brown aus Toronto? Es ist nicht Ihre normale Schrift. Sie haben den Namen geschrieben, als Ihnen der Schreck noch in den Knochen saß, mit anderen Worten, nachdem Sie die Bescherung in Zimmer 13 entdeckt hatten!«

Stevens sagte nichts.

»Sie haben ihn herauskommen sehen. Wer war es?«

Ich will auf der Stelle tot umfallen . . .«, stotterte Stevens.

»Los, reden Sie! Wenn Sie einen Mörder decken«, drohte Craig, »hänge ich Ihnen ein Verfahren als Hehler und Helfershelfer an.«

Stevens kämpfte mit sich selbst.

»Jonny – war heute abend . . .«, kam es nach einer Weile stockend heraus. »Jonny Gray.«

Craig stieß einen Pfiff aus.

Es klopfte. Ein Polizist meldete:

»Da unten ist eine Frau, die sich wie eine Verrückte aufführt. Ich glaube, Sie kennen sie, Sir.«

»Lila?« platzte Stevens dazwischen.

»Ja, richtig. Soll ich sie heraufbringen?«

»Ja, ja, bringen Sie sie herauf«, sagte Craig, »ich warte hier.«

Eine Minute später stand sie, verstört und zitternd, im Zimmer.

»Ist er tot?« keuchte sie. »Um Gottes willen, sagen Sie es mir! Ich seh' es an Ihrem Gesicht – er ist tot.«

Craig beruhigte sie.

»Setzen Sie sich. Er ist nicht tot, fragen Sie Stevens. Es geht ihm gut, nur eine leichte Verletzung, nichts Ernstliches. Was ist denn vorgefallen? Wissen Sie etwas darüber?«

»Mein Gott, er ist tot«, stöhnte sie. »Ich sah ihn und folgte ihm bis hierher!«

»Geben Sie ihr ein Glas Wein, Stevens!«

Der Portier schenkte aus einer der zahlreichen Flaschen, die auf dem Tisch stehengeblieben waren, ein Glas Weißwein ein und hielt es ihr an den Mund.

»So, Lila, nun lassen Sie etwas Vernünftiges hören! Ich sage Ihnen, er ist nicht tot. Wie stehen Sie überhaupt zu ihm?«

Sie zitterte am ganzen Körper, ihre Zähne schlugen gegeneinander.

»Ich habe ihn vor drei Jahren geheiratet.« Gleich darauf schrie sie wild: »Nein, nein, es ist nicht wahr!«

Craig sprach ihr gut zu.

»Weiter – sagen Sie uns die Wahrheit. Wir wollen ihn ja nicht wegen Bigamie einstecken.«

»Ich heiratete ihn vor drei Jahren. Daß er das Mädchen heiraten sollte, war die Idee des Alten. Ich wurde in Horsham untergebracht und sollte aufpassen, daß keine Briefe an Jonny abgingen. Das war gar nicht nötig, denn sie hat ihm nie geschrieben. Mir gefiel die Idee mit der Heirat nicht, aber er schwor mir, es sei nur, um aus Peter Geld herauszukriegen. Ich glaubte ihm, bis heute abend. Er wollte mich los sein – und sagte es mir. Er wußte, daß ich nicht pfeifen würde. Bei Gott, hätte ich es nur getan! Jetzt ist er tot, nicht wahr? Ich weiß, daß er . . .«

»Er ist nicht tot«, unterbrach Craig ungeduldig. »Ich würde Ihnen Glück wünschen, wenn er es wäre. Nein, er ist nur verletzt.«

»Wer hat auf ihn geschossen?«

»Das will ich ja gerade erfahren! Waren Sie es?«

»Ich?« Das Entsetzen auf ihrem Gesicht beantwortete die Frage von selbst. »Nein, nicht ich. Ich wußte nicht, daß er hierherkommen wollte, das heißt – doch, ich hatte ein Vorgefühl, daß er kommen würde. Darum habe ich den ganzen Abend hier in der Nähe gewartet, und dann sah ich Peter und bin ihm nachgegangen.«

»Peter Kane? Ist er im Klub gewesen?«

»Ich weiß nicht. Er ist ständig hier in der Nähe unterwegs gewesen. Ich dachte auch, daß er in den Klub ginge. Wohin sollte er sonst in dieser Straße gehen? Ich sah ihn ein paarmal.«

Craig warf einen mißtrauischen Blick auf den Portier.

»Ist Peter hier gewesen? Oder hatten Sie nur Augen für Mr. Brown aus Toronto?«

»Nein, er ist nicht hiergewesen. Ich habe Peter Gott weiß wie lange nicht mehr gesehen«, beteuerte Stevens mit Nachdruck. »Das ist die Wahrheit. Fragen Sie den Liftboy – wenn Peter heute abend hier war, erhänge ich mich auf der Stelle.«

Craig überlegte.

»Kennt Peter den Zugang auf dem Luftweg?«

»Sie meinen die Feuerleiter? Ja, die kennt Peter bestimmt. Aber die Mitglieder machen heute kaum noch Gebrauch davon, sie haben nichts zu verbergen.«

»So – sind Sie dessen so sicher?«

Craig verließ das Zimmer. Er blieb auf dem Flur vor Nr. 13 stehen. Genau gegenüber befand sich ein Fenster. Es stand weit offen. Man mußte sich nicht hinauslehnen, um das Geländer der Notleiter zu sehen. Er stieg durchs Fenster auf die Eisenleiter hinaus und blickte in den dunklen Hof hinunter. Das Tor zur Straße hinaus stand offen, der schwache Schein einer Straßenlaterne fiel herein. Taschenlampen blitzten auf. Zwei Polizisten bewachten den Hof. Möglicherweise hatten sie das Tor geöffnet. Craig kletterte in den Korridor zurück und nahm Stevens beiseite.

»Um wieviel Uhr ist Gray gekommen? Wer kam zuerst?«

»Jeff kam zuerst, etwa fünf Minuten vor Gray.«

»Was geschah darauf?«

Stevens zögerte sekundenlang.

»Ich unterhielt mich mit Captain Gray. Nachher bog er in den Seitengang ...«

»In den gleichen wie Jeff?«

»Ja. Etwa nach einer Minute – nein, es muß weniger gewesen sein – hörte ich etwas und dachte, man hätte eine Tür zugeschlagen. Ich unterhielt mich noch mit dem Liftführer darüber.«

»Und dann?«

»Es vergingen wohl vier bis fünf Minuten, dann kam Captain Gray zurück. Ich wunderte mich ...«

»An Grays Kleidern bemerkten Sie nichts? Ich nehme zwar nicht an, daß es einen Kampf gegeben hat. Jeff Legge hatte gar keine Möglichkeit, sich zur Wehr zu setzen.«

»Nein, Sir, ich bin sicher – das heißt, doch, nur ein kleiner Blutfleck an der rechten Manschette.«

»Ist sie, Lila, schon einmal hiergewesen heute?« fragte Craig.

»Ja, und ich mußte sie hinauswerfen. Emanuel befahl, sie nicht hereinzulassen.«

Craig machte einige Notizen in sein Buch und steckte es wieder in die Tasche.

»Sie verstehen, Stevens, auch wenn ich Sie jetzt nicht verhafte, können Sie dennoch jederzeit verhaftet werden. Schließen Sie den Klub für heute, lassen Sie niemand mehr herein. Ein paar von meinen Leuten bleiben auf alle Fälle hier.«

»Soll ich das Bier wegschließen?« fragte Stevens scherzhaft.

»Kein Grund zum Spaßen, Stevens – wenn wir den Klub schließen, verlieren Sie Ihre Stellung.«

Craig rief nach seinem Stellvertreter und gab ihm Instruktionen.

»Ich fürchte, Jonny wird heute nacht dran glauben müssen. Schicken Sie ein paar Leute, um ihn festzunehmen. Er wohnt in Albert Mansions. Ich will mich auf den Weg machen und Mrs. Floyd benachrichtigen. Jemand muß es auch Peter sagen – ich hoffe wenigstens, daß es nötig ist, es ihm zu sagen!« schloß er finster.

13

Im Carlton Hotel erlebte er eine Überraschung. Mrs. Floyd war fort – niemand wußte, wohin. Ihr Gatte war etwas später gleichfalls verschwunden und nicht zurückgekehrt. Jemand hatte seither angerufen, aber keinen Namen hinterlassen.

»Das Verschwinden des Mannes ist mir zur Genüge bekannt«, sagte Craig, »aber haben Sie denn gar keine Ahnung, wo sich die Dame befinden könnte?«

Die Frage wurde entschieden verneint.

»Ihr Vater ist nicht hiergewesen?«

»Ja – doch, Sir, in der Tat – der Zimmerkellner kennt ihn nämlich und hat ihn auf der Etage getroffen, als Mrs. Floyd bereits vermißt wurde. Er hat ihn aber weder kommen noch gehen sehen. Major Floyd war gerade unten, um sich nach seiner Frau zu erkundigen.«

Craig rief in Horsham an, erfuhr aber lediglich, was er im voraus wußte, daß Peter nicht zu Hause war. Barney, der ihm antwortete, hatte nichts von der Tochter gehört. Gleich darauf erlebte er noch eine weitere Enttäuschung. Der Beamte, den er nach Jonny ausgeschickt hatte, berichtete, daß der Vogel ausgeflogen sei.

Eine Anfrage im Spital ergab, daß Jeff zwar bewußtlos, aber noch am Leben war. Man hatte die Kugel aus der Wunde entfernt, und es bestand Aussicht auf Rettung. Der alte Legge war am frühen Abend im Spital erschienen und hatte sich vor Besorgnis und Wut wie ein Verrückter gebärdet.

»Damit er bis zum Morgen nicht ganz überschnappt«, sagte der Arzt, »will ich ihn hierbehalten und ihm etwas zur Beruhigung geben.«

»Geben Sie ihm Gift!« riet Craig lakonisch.

Die Polizeiwache in Horsham hatte den Auftrag erhalten, Peters Haus zu überwachen. Spät in der Nacht, als Craig eben nach Hause wollte, kam ein Anruf.

»Mr. Kane und seine Tochter sind um ein Viertel nach zwölf in getrennten Autos, nur wenige Minuten nacheinander, nach Hause gekommen«, lautete die Meldung.

Ein schnelles Polizeiauto brachte Craig in einer Stunde nach Horsham. Die Straße war frei, die Nacht hell. In Peters Wohnzimmer brannte Licht. Er kam selbst an die Tür.

»Wer ist da?« rief er, als der Inspektor den Weg heraufkam, und als er ihn erkannte, ging er ihm entgegen. »Was gibt's, Craig? Liegt etwas Besonderes vor?«

»Jeff ist durch einen Schuß lebensgefährlich verletzt worden. Du weißt wohl, wer Jeff ist?«

»Ich weiß es, leider –. Durch einen Schuß verletzt? Wie? Wo?«

»Man hat heute abend zwischen Viertel vor zehn und zehn im Highlowklub auf ihn geschossen.«

»Komm herein. Sag es meiner Tochter lieber nicht – sie hat heute genug durchgemacht. Jeff Legge! Es ist am besten für ihn, wenn er stirbt, und zwar bald, denn wenn ich ihn drankriege ...«

Der Inspektor faßte ihn unter dem Arm.

»Hör mal, Peter, du mußt in der Sache sehr vorsichtig sein und nicht so verdammt viel reden. Du stehst auch unter Verdacht, alter Freund. Du bist in der Nähe des Klubs gesehen worden.«

»Ja, ich bin dort gesehen worden. Ich habe gewartet, well, ich habe in einer bestimmten Absicht gewartet. Ich fuhr erst ins Carlton, aber meine Tochter war fort – man hat es dir wohl gesagt –, und dann ging ich zum Highlow und sah diese verdammte Lila. Nebenbei bemerkt, sie ist eins von Jeffs Frauenzimmern, nicht wahr?«

»Um ganz genau zu sein – sie ist seine Frau.«

Peter Kane blieb wie angewurzelt stehen.

»Seine Frau? – Gott sei Lob und Dank! Ich vergebe ihr alles. Obwohl sie eine Bestie ist. Wie kann nur eine Frau zulassen ... Ekelhaft. Aber ich will sie nicht richten. Sie ist seine Frau, Craig!« Er überlegte und fragte dann schnell: »Wer hat auf ihn geschossen?«

»Ich weiß nicht. Ich will Jonny dafür festnehmen lassen.«

Sie befanden sich in der Halle. Peter Kane drehte sich heftig um. Sein Mund stand offen.

»Du willst Jonny festnehmen lassen? Weißt du auch, was du

sprichst, Craig? Du bist wahnsinnig! Jonny hat es nicht getan. Er war nirgends in der Nähe.«

»Er war da. Ja, Jonny war sogar im Zimmer, entweder im Augenblick des Verbrechens oder gleich darauf. Der Portier und der Liftboy haben gesagt, was sie wußten. Es ist zwar nicht viel, aber genug, um Jonny zu überführen, wenn der Kerl stirbt.«

»Jonny war da!« murmelte Peter.

Craig sah ihn forschend an.

»Ich sage dir offen, Peter, ich dachte, du wärest es, als ich hörte, daß du in der Nähe warst. Was wolltest du dort? Worauf hast du gewartet?«

»Das kann ich dir – jetzt nicht sagen«, erwiderte Peter nach einigem Überlegen. »Aber ich müßte Jonny gesehen haben, wenn er da gewesen wäre. Ich sah das Mädchen, Lila, und fürchtete, daß sie mich erkennen würde. Nun, sie hat mich ja auch erkannt. Danach ging ich direkt in die Shaftesbury Avenue, in eine Bar, die ich kenne. Die – Entdeckung, die ich gemacht hatte, versetzte mich in einen eigentümlichen Zustand. Ich kann beweisen, daß ich von Viertel vor zehn bis zehn dort war, wenn du einen Beweis brauchst. Doch Jonny ...«

Dieses Gespräch fand in der Halle statt. Sie hörten schnelle Schritte. Marney kam von oben.

»Wer ist da – Jonny? Ach, Sie sind es, Mr. Craig? Ist etwas passiert?« Sie blickte ängstlich von einem Gesicht zum andern. »Es ist doch nichts mit Jonny –?«

»Nein, Jonny ist nichts passiert«, beschwichtigte sie der Inspektor. Er warf Peter einen Blick zu. »Sie müssen es doch erfahren, Marney. Ich darf Sie Marney nennen – ich kenne Sie seit Ihrem fünften Jahr. Man hat auf Jeff Legge geschossen.«

Er dachte, sie würde umsinken, und war darauf gefaßt, hinzuzuspringen.

»Auf – Jeff geschossen?« wiederholte sie. »Wer hat auf ihn geschossen?«

»Ich weiß es nicht. Das wollen wir gerade ermitteln. Vielleicht können Sie uns dabei helfen. Warum haben Sie das Hotel verlassen? War Jonny bei Ihnen?«

»Ich habe Jonny nicht gesehen, aber ihm verdanke ich, daß

ich hier bin. Im Hotel war eine Frau – eine große Waliserin . . .«

»Eine Waliserin?« fragte Craig lebhaft. »Wissen Sie Ihren Namen?«

»Mrs. Gwenda Jones. Jonny kennt sie, er telefonierte ihr, sie sollte für mich sorgen, bis er kommen könnte. Sie brachte mich aus dem Hotel heraus, und wir stiegen die Duke of York-Treppe zur Pall Mall hinab. Und da geschah etwas Merkwürdiges – ich erzählte es gerade Papa, als Sie kamen. Mrs. Jones – sie ist eine große, stattliche Frau . . .«

»Ich kenne die Dame«, sagte Craig.

»Also, Mrs. Jones verschwand. Ich will nicht behaupten, daß die Erde sie verschluckt hätte. Aber plötzlich sagte sie zu mir: ›Ich muß Sie jetzt verlassen, liebes Kind. Ich möchte nicht, daß dieser Mann mich sieht.‹ Ich blickte umher, um zu erfahren, vor wem sie sich derart fürchtete, doch konnte ich überall nur ganz harmlose Menschen entdecken. Als ich mich ihr wieder zuwenden wollte, lief sie schon die Treppe hinauf davon. Während ich noch überlegte, ob ich sie zurückrufen sollte, trat ein Mann auf mich zu. Er war in mittleren Jahren und hatte ein sehr trauriges Gesicht. Sein Haar war beinah weiß. ›Darf ich Sie an einen sicheren Ort bringen, Miss Kane?‹ fragte er. Ich war froh, daß sich jemand um mich kümmerte. Als er ein Taxi anhielt, stieg ich ein, ohne mich zu besinnen. Ein sehr freundlicher Mann übrigens – er sprach über nichts anderes als über das Wetter und über Hühner! Ich glaube, wir haben den ganzen Weg bis Lewisham über Hühner gesprochen.«

»Sind Sie sicher, daß es Lewisham war?«

»Jedenfalls irgendwo dort in der Nähe. Was gibt es sonst noch in dieser Richtung?«

»New Cross, Brockley . . .«

»Ja, natürlich – Brockley. Es war die Brockley Road. Ich konnte es an einer Straßenecke lesen. Er brachte mich in sein Haus. Eine nette alte Frau war da, die er mir als seine Haushälterin vorstellte.«

»Und worüber sprach er?« fragte Craig mit großem Interesse.

»Über Hühner! Wissen Sie, was für Hühner die besten Eier

legen? Welche Rasse für England, welche für Amerika am geeignetsten ist? Ich weiß es! Ich wollte natürlich auch wissen, was er mit mir vorhatte, und fragte ihn danach. Aber er brachte das Gespräch immer wieder auf die Frage der Brutapparate, des Patentfutters und des Kubikraums, den eine Bruthenne im Vergleich zu einer gewöhnlichen Henne verlangt, zurück. Es war sonderbar und phantastisch. Jetzt erscheint es mir wie ein Traum! Nach zehn Uhr erfuhr ich dann, daß ein Auto für mich gekommen sei. ›Ich will Sie nach Hause schicken, mein Fräulein‹, sagte er.«

»Waren Sie die ganze Zeit mit ihm zusammen?« fragte Craig.

»Nein, nicht nur mit ihm, auch mit seiner Haushälterin. Das war, als er telefonierte, und er tat es sehr lange. Sie sprach nicht über Hühner, sondern strickte große, formlose Pullover.«

»Er hat sie nicht heimgebracht?«

»Nein, er setzte mich nur in den Wagen und sagte, ich sei völlig in Sicherheit. Ich bin wenige Minuten vor Papa angekommen.«

Der Inspektor kratzte sich unruhig und verwirrt am Kinn. »Das ist mir wirklich schleierhaft. Mrs. Jones kenne ich, aber der Mann mit den Hühnern ist mir ein Rätsel. Sie haben nicht zufällig seinen Namen gehört?«

Sie schüttelte den Kopf.

»Haben Sie auf die Hausnummer geachtet?«

»Ja«, gestand sie offen, »aber er bat mich, sie zu vergessen, und ich habe sie vergessen.« Unsicher von einem zum andern blickend, fragte sie: »Ist mein – mein . . .«

»Dein gar nichts«, unterbrach sie Peter. »Der Lump war schon verheiratet – mit Lila! Ich muß nicht bei Verstand gewesen sein, sonst hätte ich gemerkt, daß dieses Frauenzimmer mit einer bestimmten Absicht ins Haus kam. Diese Art Mädchen würde nicht in Stellung gehen, wenn alles mit rechten Dingen zuginge. Nebenbei, Barney hat immer Mißtrauen gegen sie gehabt.«

»Haben Sie Jonny gesehen?« fragte Marney.

»Nein, ich habe ihn nicht gesehen –«, wand sich Craig vorsichtig, »noch nicht. Ich habe allerdings die Absicht, ihn bald aufzusuchen.«

Auf einmal begriff Marney die Zusammenhänge.

»Sie glauben doch nicht, daß Jonny auf ihn geschossen hat? Das können Sie nicht glauben!«

»Natürlich hat er nicht geschossen«, beruhigte sie Peter. »Ein lächerlicher Gedanke! Aber du mußt verstehen, daß Mr. Craig selbst in die unwahrscheinlichsten Richtungen Nachforschungen anstellen muß. – Du hast ihn heute abend nicht gefunden, Craig?«

Sie wechselten einen Blick. Peter seufzte.

»Sie sollten zu Bett gehen, mein Fräulein«, sagte Craig freundlich. »Träumen Sie von Schmetterlingen! Sie haben wahrhaftig einen schwarzen Tag hinter sich. – Sag ihr ein ernstes Wort, Peter! – Was ist das?« Er drehte den Kopf und lauschte.

»Nur Barney«, versicherte Peter. »Er hat die entsetzliche Gewohnheit, in alten Schlarpen durchs Haus zu latschen. Es ist unmöglich, ihn nicht zu hören. Jetzt öffnet er jemand die Tür – vielleicht bringt er deinem Fahrer einen Schluck. Barney hat eine Schwäche für Chauffeure.«

Gleich darauf öffnete sich langsam die Tür. Barney streckte den Kopf herein.

»Jonny möchte die Herrschaften sprechen«, meldete er und stieß die Tür weiter auf.

Jonny Gray stand im Eingang und warf einen vergnügten Blick auf Inspektor Craig.

Marney stürzte auf ihn zu. Er fing sie auf. Sie brach in krampfhaftes Weinen aus.

Craig war ratlos. Jonny konnte nicht ungewarnt ins Garn gegangen sein. Barney mußte ihm gesagt haben, daß er hier war. Was er aber am erstaunlichsten fand und ihm nicht gleich aufgefallen war – er trug noch seinen Frack. Craig trat auf ihn zu.

»Ich würde gerne Ihre rechte Hemdmanschette sehen –.«

Ohne ein Wort zu sagen hielt Gray den Arm empor. Der Inspektor betrachtete den fleckenlosen Stoff – nichts, keine Spur eines Fleckens war darauf zu sehen.

»Entweder jemand lügt ganz gewaltig, oder Sie sind außerordentlich geschickt, Jonny! Ich möchte die andere Manschette sehen, wenn Sie gestatten.«

Auch diese Untersuchung verlief resultatlos.

»Waren Sie zu Hause, um sich umzuziehen?«

»Nein, dazu kam ich nicht. Ich hatte das seltene Vergnügen, bei dem Kriminalbeamten, der für meinen großen Urlaub verantwortlich war, zu speisen.«

Craig war verblüfft.

»Mit Inspektor Flaherty?«

»Mit Flaherty. Wir haben vertrauliche Gedanken über gemeinsame Bekannte ausgetauscht.«

»Sie wurden aber anderswo gesehen«, wandte Craig ein.

»Dann muß es mein Doppelgänger gewesen sein. Ich habe immer vermutet, daß ich einen Doppelgänger habe.«

In Marney regte sich eine phantastische Hoffnung.

»Jonny – dann waren gar nicht Sie es, der ... Ich meine – als Sie weggeschickt wurden?«

»Nein, nein, ich bin nicht für ihn gegangen – aber Sie haben recht, vor so schwierigen Expeditionen wie nach Dartmoor würde der Doppelgänger natürlich versagen, was man ihm nicht einmal verübeln könnte.«

Peter und der Inspektor waren, um Jonny noch ein paar Augenblicke mit dem Mädchen allein zu lassen, in die Halle hinausgetreten. Sie standen vor der offenen Zimmertür und unterhielten sich.

»Das geht über meinen Horizont. Hast du je etwas davon gehört, Peter?«

»Wovon? Daß Jonny einen Doppelgänger hat? Nein, das kann ich nicht behaupten.«

»Vielleicht hat er die Geschichte einfach Marneys wegen erfunden. Aber es ist absolut keine Spur von Blut an seiner Manschette, und ich bin sicher, daß Stevens nie versuchen würde, Jonny hereinzulegen. Dafür mag er ihn zu gut. Doch zerbrechen wir uns nicht den Kopf, die Geschichte muß einfach überprüft werden. Kann ich von deinem Telefon Gebrauch machen, Peter? Ich habe Flahertys Nummer in meinem Notizbuch.«

Die größte Überraschung dieses Abends stand Craig bevor, als die schläfrige, verärgerte Stimme des Iren – unverkennbar Flaherty – antwortete.

»Hier Craig. Mit wem haben Sie heute abend gespeist, Flaherty?«

»Müssen Sie mich das unbedingt mitten in der Nacht fragen?«

»Es handelt sich um eine ernste Sache, Flaherty! Ich muß es wissen.«

»Na, mit Jonny natürlich – Jonny Gray. Ich hatte ihn eingeladen.«

»Wann hat er Sie verlassen?«

»Gegen elf – nein, es war schon nach elf.«

»Und er war die ganze Zeit mit Ihnen zusammen? Er hat Sie nicht auf eine Viertelstunde verlassen?«

»Nicht auf eine Viertelminute. Wir sprachen und sprachen ...«

Kopfschüttelnd kehrte Craig zu Jonny zurück.

»Jedes andere Alibi hätte Ihnen nicht erspart, mich jetzt zu begleiten. Aber Flaherty ist der rechtschaffenste Mann im ganzen Kriminaldepartment.«

Als Jonny zu früher Morgenstunde in seine Wohnung kam, schien dieses Zeugnis über die Zuverlässigkeit von Inspektor Flaherty doch etwas ins Wanken zu geraten.

»Niemand dagewesen?« fragte er.

»Nein, Sir«, antwortete Parker.

»Was haben Sie mit dem Hemd gemacht, das ich auszog?«

»Ich habe die Manschetten abgeschnitten und verbrannt, Sir. Ich tat es mit um so größerem Vergnügen, als abgerundete Manschettenecken gerade ein wenig unmodern sind, wenn ich so sagen darf, ein wenig ...«

»Und das Hemd?«

»Das Hemd, Sir, trage ich selbst. Es ist zwar etwas warm, zwei Hemden anzuhaben, aber ich wußte nicht, wie ich sonst darüber verfügen sollte. Wollen Sie ein Bad nehmen, Sir?«

Jonny antwortete nicht.

»Wenn ich mir die Frage gestatten darf, Sir – ist es Ihnen gelungen, den Herrn, den Sie aufsuchen wollten, zu überreden, Ihre Aussage zu bestätigen?«

»Flaherty? O ja. Flaherty ist mir zu Dank verpflichtet. Gute Nacht, Parker!«

»Gute Nacht, Sir. Ich hoffe, Sie werden gut schlafen. Hm –

kann ich diesen Revolver aus Ihrer Tasche herausnehmen? Er verdirbt den Sitz Ihrer Beinkleider – danke sehr.« Er hielt den Browning behutsam zwischen Zeigefinger und Daumen und legte ihn auf den Tisch. »Sie haben nichts dagegen, Sir, wenn ich noch etwas länger aufbleibe? Ich möchte ganz gern das Ding reinigen, bevor ich mich schlafen lege.«

14

In einen Gartenstuhl zurückgelehnt lag Jeff Legge auf einem Rasenplatz über dem felsigen Küstenstrich, vor sich die blauen Fluten des Ärmelkanals, über sich den wolkenlosen Himmel in noch tieferem Blau. Er streckte die Hand nach einem Glas aus, das neben ihm auf dem Tisch stand, nippte daran, verzog das Gesicht und rief:

»Lila!« Als sie herbeigelaufen kam, sagte er verdrießlich: »Nimm das Zeug weg und bring mir einen Whisky-Soda!«

»Der Doktor hat es dir verboten, Jeff, du sollst Zitronensaft trinken. Du mußt tun, was er sagt.«

»Tu, was ich dir sage. Wo ist der Alte?«

»Ins Dorf gegangen, um Briefe abzuschicken.«

Jeff überlegte. »Wenn dieser Greifer kommt, kannst du ihm sagen, daß ich zu krank bin, um Besuch zu empfangen.«

»Wer – Craig?«

»Ja«, knurrte er. »Dieses bestechliche Aas! Gray säße längst im Kasten, wenn er Craig nicht geschmiert hätte. Einen Tausender hat er mindestens springen lassen ...«

Sie setzte sich auf einen Stuhl neben ihn.

»Ich glaube nicht, daß Gray es getan hat«, sagte sie. »Der Alte denkt, daß es Peter war. Das Fenster soll nachher offengestanden haben. Er kann über die Notleiter heraufgekommen sein – er kennt den Weg.«

Jeff brummte etwas vor sich hin, und sie bestand nicht weiter auf ihrer Ansicht.

»Wo ist – sie?« fragte er. »Wieder bei ihrem Vater? Wer hat ihm gesagt, daß ich mit dir verheiratet bin?«

»Das weiß ich nicht, Jeff.«

»Lügnerin! Du hast es ihm gesagt. Niemand sonst konnte es wissen. Wenn ich wegen dieser Heirat sitzen muß, bring' ich dich um. Das ist das zweite Mal, daß du mich verpfeifst.«

»Ich war doch halb wahnsinnig vor Schreck, ich wußte ja gar nicht, was ich sagte.«

»Schade, daß du nicht ganz übergeschnappt bist! Es geht nicht um die Frau – an der liegt mir nichts. Der Streit betrifft den Alten, soll er sehen, wie er damit fertig wird. Was mir Sorgen macht, ist, daß das andere Geschäft in Unordnung gerät. Wenn es nicht wie ein Uhrwerk läuft, gibt es eine Panne. Du hast doch wenigstens darüber nicht gepfiffen?«

»Nein, Jeff, ich weiß ja auch gar nichts.«

»Und deshalb hast du nicht gepfiffen, was?«

»Hör jetzt endlich auf, Jeff!« fuhr sie auf ihn los. »Bis zu einer gewissen Grenze habe ich Geduld, und ich will mich bemühen, solange du krank bist, deine schlechte Laune zu ertragen. Aber wenn du mir grob kommst, dann hau' ich dir eine 'runter! Das steht fest. Es mag nicht weiblich sein, ist aber klug. Kein Mädchen gehört zum schwächeren Geschlecht, wenn es den Schürhaken zuerst zu fassen kriegt.«

Er fand es vernünftiger, zu einem anderen Gegenstand überzugehen.

»Sie haben den Klub wohl von oben bis unten durchgestöbert?« fragte er.

»Allerdings.«

»Waren sie auch im Dachgeschoß?«

»Ich glaube ja. Stevens sagte, sie hätten das Oberste zuunterst gekehrt.«

Jeff sah finster über den Rasen, an dessen äußerstem Rand in diesem Moment eine seltsame Gestalt, offenbar vom felsigen Küstenweg her, auftauchte.

»Wer ist das?«

Lila erhob sich und ging dem Fremden entgegen, der, den Hut in den Händen drehend, stehenblieb und ihr zulächelte.

»Es tut mir leid, wenn ich störe«, begann er. »Eine herrliche Gegend, nicht? Wenn ich mich recht entsinne, ist das Dellsea Vicarage? Ich kannte früher den Pfarrer – ein reizender Mann! Sie haben das Haus wohl von ihm gemietet?«

Halb belustigt, halb ärgerlich antwortete sie kurz:

»Das ist Dellsea Vicarage. Wollen Sie jemand sprechen?«

»Ich wollte – Mr. Jeffrey ...« Er verdrehte die Augen und starrte zum Himmel empor, als suchte er aus irgendeinem verborgenen Winkel seiner Erinnerung einen Namen hervorzuziehen, der ihm nicht ohne besondere Anstrengung einfallen wollte. »Ja, ich wollte Mr. Jeffrey Legge sprechen, das ist der Name – Mr. Jeffrey Legge ...«

»Er ist sehr krank und kann keinen Besuch empfangen.«

»Das tut mir leid«, sagte der Fremde. Sein sanftes Gesicht drückte wärmste Anteilnahme aus. »Wirklich sehr leid.« Er klemmte, um irgend etwas zu tun, seinen Kneifer fast unten auf der Nasenspitze fest und blickte Lila über die Gläser hinweg an. »Vielleicht könnte er mich doch auf einen Augenblick empfangen? Ich bin gekommen, um mich nach seinem Befinden zu erkundigen.«

»Wie ist Ihr Name?«

»Reeder. – J. G. Reeder.«

Sie spürte, wie sie blaß wurde, und wandte sich schnell um.

»Ich will ihn fragen.«

Als Jeff den Namen hörte, verzog er das Gesicht.

»Das ist der Kerl, den die Banken, vielleicht sogar die Regierung, auf mich gehetzt haben«, knurrte er leise. »Laß ihn kommen!«

Lila winkte über den Rasen, und Mr. Reeder kam tänzelnd angeeilt.

»Es tut mir leid«, begann er sich zu entschuldigen, »Sie in einem so bejammernswerten Zustand zu sehen, Mr. Legge. Ich hoffe, es geht Ihrem Vater gut?«

»Kennen Sie denn den Alten?« fragte Jeff überrascht.

»Ja, ich habe Ihren Vater kennengelernt. Ein sehr unterhaltender und geistreicher Mann. Höchst geistreich!«

Jeff schwieg zu diesem anerkennenden Urteil über die Qualitäten seines Vaters.

»Es ist in letzter Zeit viel über eine gewisse verbrecherische

Tätigkeit geredet worden, die natürlich im geheimen vor sich geht.« Mr. Reeder zeigte in der Wahl seiner Worte eine große Sorgfalt. »Obwohl ich außerhalb des Weltgetriebes lebe, gewissermaßen in den stillen Seitenbuchten des Lebensmeeres, höre ich trotzdem seltsame Gerüchte über die Verbreitung verbotenen Geldes – ich glaube, man nennt es ›Blüte‹ oder ...«

»Es heißt Blüte –«, bestätigte Jeff, der den Besucher nicht aus den Augen ließ.

»Ich bin überzeugt, daß sich die Personen, die sich in dieses Unternehmen eingelassen haben, der ungeheuer ernsten Natur ihres Vergehens nicht bewußt sind.« Mr. Reeder unterbrach seinen Vortrag und blickte über den Rasen und den blumenreichen Garten. »Wie schön ist die Welt, Mr. Jeff – ich bitte um Verzeihung, Mr. Legge natürlich. Wie reizend sind diese Blumen! Ich muß gestehen, wenn ich Glockenblumen sehe, kommen mir immer die Tränen in die Augen. Übrigens, es sind wohl gar nicht Glockenblumen«, verbesserte er sich, »in dieser vorgerückten Jahreszeit. Aber dieser eigentümliche, blaue Farbton! Und die herrlichen Rosen – sie duften bis hierher.«

Jeff Legge sagte nichts, und er lachte auch nicht, als Reeder die Augen schloß und geräuschvoll die Luft einsog, so komisch es auch wirkte.

»Ich weiß es natürlich nicht aus eigener Anschauung, aber ich denke mir, daß im Dartmoorgefängnis nur ein paar Blumen in Töpfen blühen – und auch die sehen die Gefangenen nie, mit Ausnahme des einen Bevorzugten, der die Aufgabe hat, sie zu gießen. Ein Lebenslänglicher wohl, im allgemeinen. Ein Leben ohne Blumen, es muß eine armselige Sache sein, Mr. Legge –.«

»Ich mag Blumen nicht besonders«, versicherte Jeffrey.

»Wie schade!« Reeder sagte es im Ton tiefsten Bedauerns. »Wie furchtbar schade. Von der Anstalt aus gibt es aber auch keine Aussicht auf die See, nicht ›bunte Schiffe auf dem bunten Meere‹, wie es in einem bekannten Gedicht heißt. Kein herrliches Gefühl der Freiheit – wirklich nichts, was das Leben für einen Menschen, der, sagen wir, zu fünfzehn oder zwanzig Jahren verurteilt ist, erträglich machen könnte.« Als Jeff schwieg, fragte er: »Lieben Sie Kaninchen?«

»Nein, kann ich nicht sagen.«

Mr. Reeder stieß einen Seufzer aus.

»Ich liebe Kaninchen sehr. Wenn ich ein Kaninchen eingesperrt sehe, kauf' ich es, bring' es in den nächsten Wald und lasse es frei. Das mag töricht sein, denn wenn es in der Gefangenschaft geboren und aufgezogen wurde, hat es vielleicht nicht die erforderlichen Eigenschaften, um in der Freiheit überleben zu können. Aber es macht mir Spaß, Kaninchen freizulassen. Anderen Leuten macht es Spaß, sie einzusperren. Seien Sie nie ein Kaninchen, Mr. Jeffrey – oder Mr. Legge? Ja, ja, Mr. Legge!«

»Ich bin weder ein Kaninchen noch ein Huhn oder eine Feldlerche«, erwiderte Jeffrey ungehalten. »Der Käfig, der mich einschließen könnte, ist noch nicht gebaut worden.«

Mr. Reeder seufzte von neuem.

»Ich denke an einen anderen Gentleman, der das vor einigen Jahren gleichfalls sagte. Kürzlich sah ich sein Grab. Nur die Anfangsbuchstaben. Ich habe vergessen, in welchem Gefängnis er aufgehängt ... Es ist ja unwichtig. Vielleicht war es Wandsworth – ja, ich bin sicher, es war Wandsworth. Jammerschade! Welch trauriges Ende für eine vielversprechende Laufbahn! Doch ist der Tod nicht besser als zwanzig Jahre Gefängniszelle? Ein furchtbares Schicksal, Mr. Legge! Ein Schicksal, das überdies zu vermeiden, mit Leichtigkeit abzuwenden wäre. Angenommen, ein Mann fälschte, sagen wir, Noten der Bank von England, entschlösse sich jedoch, sein Papier und seine Wasserzeichenapparate zu verbrennen, alle seine Gehilfen zu entlassen ... Ich glaube nicht, daß wir uns um einen solchen Menschen noch viel kümmern, sondern ihm mit liberaler Großmut begegnen würden, besonders, wenn seine Scheine von so vorzüglicher Qualität wären, daß der Uneingeweihte sie gar nicht unterscheiden könnte.«

»Was ist aus Golden geworden?« fragte Jeff kühn.

Reeder blinzelte. »Golden war mein Vorgänger. Ein reizender Mann, in mancher Hinsicht ...«

Jeffrey schnitt ihm das Wort ab.

»Das war der Mann, der im Auftrag der Polizei die Fälscher verfolgte? Ist er tot?«

»Er ist auf Reisen gegangen. Ja, Mr. Golden konnte dieses Klima nicht vertragen. Er litt schwer an Asthma, oder vielleicht war es auch Ischias. Ich weiß, es war ein ›a‹ in der letzten Silbe. Haben Sie ihn nie kennengelernt? Nicht? Da haben Sie etwas versäumt. Golden war ein netter Kerl – vielleicht nicht so gewandt, wie er hätte sein können oder sollen, aber sehr nett. Er hat freilich nicht so vor den Augen aller Welt gearbeitet wie ich, und das war, meiner Ansicht nach, ein Fehler. Es ist immer falsch, sich in ein Büro einzuschließen und in geheimnisvollen Nebel zu hüllen. Ich neige selbst zu diesem Fehler. Wie dem auch sei, lieber Mr. Legge, ich hoffe, daß Sie mein Gleichnis nicht ungnädig aufgenommen haben, sondern einer allseitigen Betrachtung unterziehen werden.«

»Das würde ich tun, wenn ich ein Blütendrucker wäre, aber unglücklicherweise bin ich es nicht.« Jeffrey Legge lächelte bedauernd.

»Natürlich sind Sie es nicht«, beeilte sich Reeder beizupflichten. »Ich würde es mir auch gar nicht einfallen lassen, eine solche Andeutung zu machen. Aber im Kreis Ihrer Bekannten – und, ich darf wohl sagen, Bewunderer – haben Sie vielleicht Gelegenheit, meine bescheidenen Erwägungen weiterzugeben. Denn – wie soll ich mich ausdrücken? – Dartmoor ist so unästhetisch. Wie kann man nur seine Jahre in Devonshire verbringen? Im Frühling ist es dort allerdings entzückend, im Sommer heiß, im Winter jedoch, wenn man nicht gerade in Torquai weilt, einfach jammervoll. Guten Morgen, Mr. Legge!«

Er verneigte sich tief vor dem Mädchen. Dabei fiel sein Kneifer herunter. Er bückte sich, hob ihn unter vielen Entschuldigungen auf und zog sich zurück. Wortlos blickten ihm die beiden nach, bis er verschwunden war.

»Was hältst du von diesem Greifer?« fragte Jeff verächtlich.

»Ich weiß nicht, was für ein Mann das ist. Er ist so etwas wie eine gutherzige Schlange. Findest du nicht auch, Jeff?«

»Eine gutherzige Null!« Er verzog das Gesicht. »Er ist noch dümmer als Golden. Diese großen Organisationen haben eine Vorliebe für die Sorte. Ein wirklich geschickter Greifer hat bei ihnen nie Glück.«

»Wer war Golden?« fragte sie.

»Das war auch so ein alter Kerl. Sie haben ihn an die Luft gesetzt.« Er lachte vor sich hin. »Daran bin ich schuld. Dann setzten sie Mr. J. G. Reeder mit Pauken und Trompeten an seine Stelle. Seit drei Jahren treibt er nun sein Spiel und ist dem großen Coup nicht näher als zu Beginn.«

»Jeff, ist nicht doch Gefahr?« fragte sie ernst.

»Ist nicht immer Gefahr? Jetzt nicht mehr als sonst. Mach dir keine Sorgen! Sie können nicht an mich heran. Ist das Zeug einmal gedruckt, können sie es mir nicht mehr in die Schuhe schieben.«

»Ist es einmal gedruckt –? Du bist also der ›große Drucker‹, Jeff?«

»Reden wir von etwas anderem!« brach er ab.

Bald darauf kehrte Emanuel zurück. Lila begegnete ihm an der Gartenpforte und erzählte ihm von Reeders Besuch. Zu ihrer Überraschung faßte er die Sache ähnlich auf wie Jeff.

»Er ist ein Narr, aber unbestechlich – wenigstens bis zu fünftausend Pfund. Unbestechlichkeit hat natürlich ihre Grenzen.«

»Aber warum ist er zu Jeff gekommen?«

»Wissen nicht alle, die mit der Sache zu tun haben, daß Jeff der ›große Drucker‹ ist? Sind sie nicht seit Jahren hinter ihm her? Warum sollte er nicht herkommen? Ein reiner Verzweiflungstrick! – Wie geht's dem Jungen?«

»Ganz gut. Er ist etwas reizbar.«

»Natürlich ist er etwas reizbar«, murrte Emanuel. »Sie glauben doch nicht etwa, daß er in vierundzwanzig Stunden wiederhergestellt sein kann? Der Klub ist wieder in Betrieb.«

»Ist er denn geschlossen gewesen?«

»Nicht gerade geschlossen, nur etwas – unbeliebt geworden.« Er lächelte eigentümlich, und seine Zähne wurden sichtbar. Vor dem Rasenplatz faßte er sie am Arm. »Hören Sie, Lila! Schlagen Sie sich diese Schießerei aus dem Sinn, nicht wahr? Der Schuldige entgeht mir nicht.«

Zum erstenmal sprach er ruhig über diesen Punkt. Bis jetzt hatte die bloße Erwähnung des Attentats auf Jeff genügt, ihn völlig außer Rand und Band zu bringen.

»Kennen Sie ihn?« fragte sie.

»Ja, ich weiß alles – es war Peter Kane, aber Sie brauchen nicht darüber zu reden. Er entgeht mir nicht.«

»Jeff meint, daß es . . .«

»Ganz gleich, was Jeff meint«, fuhr er sie an. Er schickte sie ins Haus, um ihm eine Tasse Tee zu holen. Emanuel war ein großer Teetrinker. In Lilas Abwesenheit wollte er seinem Sohn etwas sagen.

»Jeff«, begann er, »nach deinem Zeug herrscht große Nachfrage. Ich habe einen Brief von Harvey erhalten. Er schreibt, in Nordengland sei ein anderer aufgetaucht, der recht gutes Material liefert. Aber sie brauchen deines und könnten sofort eine halbe Million auf dem Kontinent absetzen. Die Sache ist die, Jeff, wenn während deiner Krankheit die Belieferung stockt, werden die Kerle erst recht auf dich aufmerksam.«

»Ich habe schon daran gedacht«, antwortete Jeff. »Aber du kannst allen, die daran Interesse haben, sagen, daß nächste Woche gedruckt wird.«

»Fühlst du dich gut genug, um hinzufahren?« fragte der Alte besorgt.

Jeffrey versuchte, sich im Stuhl aufzurichten, zuckte aber vor Schmerz zusammen.

»Hat sie dir gesagt, daß Reeder hier war?«

»Reeder macht mir keine Sorgen«, sagte Emanuel. »Unten in Dartmoor ist er ein Schreckgespenst, aber dafür halten sie dort jeden, den sie nicht kennen. Sie erzählen sich allerhand Geschichten über ihn. Danach ist es dann jedenfalls recht beruhigend, wenn man das Gespenst aus der Nähe sieht!«

Sie lachten beide.

»Ein so enormes Geschäft habe ich nie zustande gebracht, Jeff!«

Der Sohn nahm diese Anerkennung als selbstverständlichen Tribut entgegen.

Emanuel saß mit zwischen den Knien gefalteten Händen da und starrte auf das Meer.

»Es muß eines Tages ein Ende haben, ein schönes Ende, aber ich weiß noch nicht so recht, wie es zu machen ist.«

»Was hast du im Sinn?« fragte Jeff neugierig.

»Ich denke an Peter – den ehrenwerten Peter Kane. In den Augen seiner Tochter zwar nicht mehr ganz so ehrenwert wie früher, aber doch ehrenwert genug, um mit Greifern und diesem Gauner von Jonny Gray zu speisen. – Jonny wird übrigens das Mädchen heiraten, Jeff!«

»Meinetwegen.« Jeff zuckte die Achseln.

»Aber sie kann nicht heiraten, ohne daß die Ehe mit dir für nichtig erklärt wird. So ist das Gesetz. Und die Ehe wird nicht für nichtig erklärt, ohne daß du wegen Bigamie ins Loch fliegst. So ist wiederum das Gesetz. Die Frage ist nur, wer zuerst etwas unternimmt. Vor dem Gesetz ist sie noch deine Frau.«

»Was ist nun deine große Idee?« erkundigte sich Jeff mißtrauisch.

»Angenommen, Peter wäre der ›große Drucker‹? Angenommen, er würde mit dem Material erwischt? Das ließe sich machen. Ich meine nicht, indem man das Zeug in sein Haus schafft – das würde keiner gelten lassen –, sondern indem man ihn direkt an Ort und Stelle bringt, so daß sein bester Freund bei der Kriminalpolizei ihn nicht retten könnte. Was hältst du von der Idee?«

»Nicht zu machen.«

»Was heißt – nicht zu machen? Alles, was man will, ist zu machen, wenn man den Entschluß faßt und den Mut dazu hat.« Emanuel rückte näher zu seinem Sohn hin. »Wenn sie den ›großen Drucker‹ finden, müssen sie auch die ›große Druckerei‹ finden. Das heißt, wir haben ein paar Stunden Vorsprung, machen uns aus dem Staube, du bringst das Mädchen fort . . .«

»Wie? Mit Gewalt?«

»Warum nicht? Was bleibt dir anderes? Vergiß nicht, mein Junge, sie ist deine Frau.« Er blickte nach allen Seiten, als könnte er belauscht werden. »Angenommen, wir laden Peter mit seiner Tochter und Jonny Gray ein, mit uns zu speisen? Ein nettes, kleines Dinner, was?«

»Wo?« fragte Jeff skeptisch.

»Im Highlow, in Zimmer 13 natürlich, mein Junge! Ein nettes, kleines Dinner – was meinst du? Und dann . . .«

»Du bist verrückt«, sagte Jeff ärgerlich. »Was soll das Geschwätz? Bildest du dir ein, daß er zum Essen kommt und auch noch seine Tochter mitbringt? Das ist doch Schwachsinn!«

»Laß mich machen«, erklärte Emanuel Legge eigensinnig.

15

Als Jonny Gray am nächsten Morgen die Regent Street hinabging, sah er an einer Straßenecke einen Mann stehen, der allerhand billigen Trödelkram feilhielt. Das Gesicht kam ihm merkwürdig bekannt vor, aber er war schon einige Schritte weitergegangen, bis ihm einfiel, woher er es kannte. Er kehrte um. Der Mann verzog das Gesicht zu einem Grinsen.

»Guten Morgen, Mylord«, sagte er. »Ein Ballon fürs Baby gefällig?«

»Fenner – nicht wahr?« fragte Jonny.

»Der bin ich, Captain. Ich dachte, Sie hätten mich nicht erkannt. Wie geht das Geschäft?«

»Still. Was machen Sie?«

Der Mann zuckte die breiten Schultern.

Jonny besann sich auf den Fall. Fenner hatte zwölf Jahre in Dartmoor gesessen und sollte einen Tag nach ihm entlassen werden. Eigentlich hätte er nach neun Jahren herauskommen müssen, aber da war etwas dazwischengekommen. In Gegenwart des alten Legge war er von einem Wärter geschlagen worden. Fenner hatte den Schlag erwidert. Beim darauffolgenden Verhör hätte ihn Legges Zeugnis vor der Züchtigung und vor der Strafverlängerung bewahren können. Doch Legge war mit den Wärtern zu gut befreundet, um einen ›Schinder‹ zu verraten, und Fenner kam auf den Prügelbock.

»Diesmal hat's geklappt, wie?« fragte Gray.

»Wenn ich je den alten Legge sehe, will ich ...«

Ein Polizist, der vorüberging, fixierte die beiden mißtrauisch, doch Jonnys achtbares Aussehen schien ihn zu beruhigen.

»Was treiben Sie, Gray?« fragte Fenner. »Sieht aus, als hätten Sie Ihr Glück gemacht!«

»Sie werden es nicht glauben, Fenner, aber ich lebe als ehrlicher Mann!«

»Das ist allerdings auch ein Beruf. Haben Sie Emanuel gesehen? Ein Kerl, der Emanuel! Und der junge erst – Jeffrey – das ist ein Bursche!«

Ein Aufblitzen in seinen Augen verriet Jonny, daß er von den jüngsten Begebenheiten mehr wußte, als er sich anmerken ließ. Seine nächsten Worte bestätigten diese Vermutung.

»Halten Sie sich die Legge-Bande vom Leibe, Captain! Die beiden bringen niemandem Segen, am wenigsten einem Mann von Ihrer Bildung. Auf Leute wie Sie hat Jeffrey es abgesehen, denn Sie kleiden sich wie ein feiner Herr und sehen wie ein feiner Herr aus. Gerade der richtige Mann, um Blüten umherzustreuen, ohne daß einer es ahnt.«

»Der ›große Drucker‹, was?« fragte Jonny blinzelnd.

»Der ›große Drucker‹ –«, wiederholte Fenner. »Er ist ein großer Drucker. In Dartmoor hört man allerhand Lügen, aber das ist wahr. Jeff hat das größte Geschäft, das hierzulande je aufgezogen wurde. Aber früher oder später werden sie ihn kriegen. Über jeden Schwindel gibt es mal Gerede. Und nach dem, was ich in den Blättern lese, ist das Gerede bereits im Gange.« Ohne Umschweife fragte er: »Wer hat auf ihn geschossen?«

»Das ist bekanntlich ein Geheimnis.« Als Gray dem scharfen, forschenden Blick des andern begegnete, lachte er laut auf. »Ich bin es nicht gewesen, Fenner! Darüber kann ich Sie beruhigen. Und ein Freund von Jeff zu sein, sieht mir auch nicht ähnlich.« Er zog ein schiefes Gesicht. »Wie steht's mit dem Geldbeutel?«

»Leer.«

Jonny ließ ein paar Geldscheine auf das Zahlbrett fallen. Fenner steckte sie ohne ein Wort des Dankes in die Westentasche. Als Jonny weggehen wollte, rief er ihn zurück.

»Hüten Sie sich vor dem Kasten! Glauben Sie nicht, daß ich gute Ratschläge erteilen will. Ich denke nicht an Dartmoor. Es gibt andere Kasten, die schlimmer sind – das kann ich Ihnen sagen, denn ich habe die meisten von ihnen gesehen.« Er starrte vor sich hin. »Keytown Jail ist das schlimmste Gefängnis in England. Bei weitem das schlimmste – vergessen Sie das nicht,

Gray! Keytown Jail ist der schlimmste Kasten in England, und wenn Sie je dorthin geraten sollten, tun Sie etwas dazu, um herauszukommen. Auf Wiedersehen!«

Jonny setzte seinen Weg auf der Regent Street fort und dachte über die seltsame Rede nach. Von Keytown Jail hatte er noch nie etwas gehört. Es war nicht auffallend, daß Fenner eine besondere Abneigung gegen ein bestimmtes Gefängnis empfand. Auch Verbrecher hatten ihre Sympathien und Antipathien; sie haßten ohne besonderen Grund Wandsworth und zogen Pentonville vor oder umgekehrt. Manche schworen auf Parkhurst, andere betrachteten Dartmoor als ihr angestammtes Heim und nahmen jede Andeutung einer Überführung in ein anderes Gefängnis mit Erbitterung auf. Jonny Gray hatte sich während seines Aufenthalts in Dartmoor häufig Gedanken über die Mentalität Krimineller gemacht und stundenlang den weisen Ermahnungen alter Sträflinge zugehört. Diese alten Hasen waren dann immer die ersten, die ihre eigenen Ratschläge in den Wind schlugen, sobald sie entlassen wurden.

In solche Überlegungen versunken, stieß er mit Craig zusammen, oder genauer, der Inspektor stellte sich dem zerstreuten Bummler in den Weg.

»Was planen Sie, Jonny – einen Juwelenraub oder nur einen Schwindel mit einem Derbyfavoriten?«

Jonny Gray lachte.

»Keines von beiden. Ich fragte mich eben, was Keytown Jail so besonders Schlimmes an sich haben könnte. Wo liegt Keytown Jail übrigens?«

»Keytown? Ich erinnere mich nicht – doch, doch! Gleich hinter Oxford. Warum?«

»Man hat mir gesagt, es sei das schlimmste Gefängnis in England!«

»Jedes von ihnen ist das schlimmste, Jonny, und wenn Sie an eine Sommerfrische denken, kann ich Ihnen keines empfehlen. Keytown war recht schlimm«, gab er zu. »Ein kleines Provinzgefängnis, das aber nicht mehr der Gefängnisverwaltung untersteht. Es ist nach dem Kriege verkauft worden, wie so viele von diesen kleinen Anstalten. Die Politik geht heute dahin, die bedeutenderen zu vergrößern und die kleinen Kasten zu beseitigen, deren Besetzung mit Beamten zu viel Geld kostet. Hereford Jail ist ebenso geschlossen worden und noch ein halbes Dutzend anderer, denk' ich. Sie brauchen sich also über Keytown keine Sorgen zu machen! Die Warnung stammt wohl von einem alten Bekannten, vermute ich?«

»Sie vermuten richtig«, sagte Jonny ohne weitere Erklärung. Craig würde ohnehin auf Fenner stoßen, wenn er seinen Weg fortsetzte.

»Mr. Jeffrey Legges Genesung macht gute Fortschritte«, lenkte der Inspektor das Gespräch auf einen andern Gegenstand. »Im Kriminaldepartment herrscht darüber große Freude. Uns liegt daran, daß er uns noch eine Weile erhalten bleibt, damit die wissenschaftlichen und gesetzlichen Aspekte des Falls nicht zu kurz kommen. Ja, ich weiß, was Sie sagen wollen – wir konnten ihm nichts nachweisen, das stimmt. Noch nicht. Er ist seinem Vater weit überlegen und begeht keine Fehler. Eine seltene Eigenschaft bei einem Fälscher. Er trägt keine Blüte mit sich herum, verwahrt keine in seiner Wohnung. Ich kann Ihnen das sagen, denn wir haben ihn zweimal als verdächtig festgenommen und von Kopf bis Fuß durchsucht. – Ach, sehen Sie!«

Er wies mit dem Kopf über die Straße auf eine Gestalt, die einen schäbigen Cutaway und einen nach hinten geschobenen Zylinder trug. Der Mann hielt einen zusammengerollten Schirm unter dem Arm. Die Hände, in grauen Handschuhen, waren auf dem Rücken gefaltet. Ein Kneifer saß weit vorn auf der Nasenspitze, ständig in Gefahr, die Balance zu verlieren.

»Kennen Sie diesen Herrn?« fragte Craig.

»Ein Greifer namens Reeder, nicht wahr?«

»So etwas wie ein Greifer allerdings«, meinte Craig trocken, »aber nicht von unserer Art.«

»Von der Bank, wie?«

»Auch von der Bank, wenn Sie wollen. Er ist übrigens nicht so töricht, wie er aussieht. Ich konnte es zufällig feststellen. Gestern hat er den jungen Legge besucht. Ich war neugierig und ließ ihn beobachten. Er weiß mehr über die Legges, als ich ihm zugetraut hätte.«

Als Jonny sich von Inspektor Craig trennte, war Mr. Reeder nirgends mehr zu sehen. Wenig später jedoch entdeckte er ihn am Piccadilly, wie er unter vielen Leuten auf einen Autobus wartete. Neugierig blieb Jonny stehen und beobachtete ihn, bis der Autobus kam und Mr. Reeder hinaufstieg und im Innern verschwand. Der Autobus setzte sich in Bewegung. Gray sah nach dem Schild, das die Endstation bezeichnete. Es war Victoria.

Merkwürdig, dachte er. Victoria war der Bahnhof, von dem die Züge nach Horsham abgingen.

16

Mr. Reeder stieg am Victoriabahnhof aus dem Autobus, löste eine Rückfahrkarte dritter Klasse nach Horsham, kaufte sich am Kiosk den ›Economist‹ und eine Nummer der ›Poultry World‹ (Geflügelwelt) und setzte sich, auf solche Weise für die Fahrt ausgerüstet, in ein leeres Abteil. Von diesem Augenblick an bis zur Einfahrt des Zuges in Horsham nahmen ihn teils die seltsamen Eigenschaften der Wyandottehühner, teils die Kursschwankungen in Anspruch.

Vor dem Bahnhof in Horsham warteten viele Taxis, die bereit und sogar begierig gewesen wären, Mr. Reeder für eine geringe Summe an seinen Bestimmungsort zu bringen. Er blickte jedoch durch die Menschen hindurch oder über ihre Köpfe hinweg. Seinen Schirm als Spazierstock benützend, machte er sich auf den Weg nach Manor Hill.

Peter Kane saß im Wohnzimmer und rauchte gedankenvoll eine Zigarre, als Barney mit der Neuigkeit hereinkam.

»Draußen ist eine alte Vogelscheuche, die Sie sprechen will.«

»Wer ist es?«

»Ein alter Kerl, den ich noch nie gesehen habe. Er sagt, er heiße Reeder.«

»Reeder?« Peter runzelte die Stirn.

»Für einen Greifer ist er zu wacklig, er sieht eher aus, als wollte er Unterschriften für die Orgel der Kapelle sammeln.«

Das war, wie Peter wußte, keine schlechte Beschreibung.

»Bring ihn herein, Barney, und halt deinen Mund! Merk dir, das ist der klügste Greifer, der dir je untergekommen ist.«

»Ein Polyp?« staunte Barney ungläubig.

»Wo ist Marney?« fragte Peter.

»Oben in ihrem ›Budwar‹«, berichtete Barney wohlgefällig. »Sie schreibt Briefe. Einen hat sie an Jonny geschrieben. Er fängt an: ›Lieber, guter Junge . . .‹«

»Woher weißt du das?«

»Ich hab's gelesen«, sagte Barney nicht ohne Stolz. »Ich bin ein guter Leser. Ich kann alles umgekehrt lesen, weil ich als Knabe mal in einer Druckerei arbeitete.«

»Bring jetzt Mr. Reeder herein!« befahl Peter scharf. »Und sieh dich vor, Barney, wenn ich dich dabei erwische, daß du meine Sachen ›umgekehrt‹ liest . . .«

Barney verließ mit trotzigem Gemurmel, wie es bei ihm nach solchen Drohungen üblich war, das Zimmer.

Mr. Reeder erschien bald danach auf der Schwelle, den Zylinder in der einen, den Schirm in der andern Hand. Auf seinem Gesicht lag ein tiefunglücklicher Ausdruck.

»Guten Morgen, Mr. Kane. Was für ein schöner Morgen für einen Spaziergang! Es ist eine Sünde, an einem solchen Tag im Zimmer zu bleiben. Geben Sie mir einen Garten mit Rosen, einem leichten Hauch von Heliotrop –. Wenn ich einen Wunsch äußern darf . . .«

»Sie wollen mich im Garten sprechen?« fragte Peter. »Vielleicht haben Sie recht.«

Barney, der sein neugieriges Ohr ans Schlüsselloch gepreßt hielt, stieß einen leisen Fluch aus.

»Ich war gestern in einem Garten«, erzählte Mr. Reeder, als sie über den Rasenplatz zu den tiefer gelegenen Terrassen gingen. »Ein reizender Garten! Ein Beet war mit blauen Blumen bepflanzt. Eine blaue Blume hat etwas so Rührendes, bei dem mir immer Tränen kommen. Rhododendron bringen mich in Wut. Ich weiß nicht warum. Ein Rhododendronbusch weckt alles Böse, das in meinem Wesen liegt, auf. Narzissen dagegen, besonders wenn sie mit Hyazinthen gemischt sind, besänftigen mich. Der Garten, von dem ich sprach, hatte noch den besonderen Reiz, daß er am Ufer des Meeres lag – ein wahrer Garten Eden, Mr. Kane, obschon – ja, obschon es da mehr Schlangen als üblich gab. Die eine Schlange lag in einem Lehnstuhl, die andere gab im Dorf Briefe auf, und dann gab es noch die sozusagen offizielle Schlange, die sich hinter einem Gebüsch verborgen hielt und mir den ganzen Weg von London aus gefolgt war – ich nehme an, im Auftrag dieses irregeleiteten Gentlemans, Mr. Craig.«

»Wo waren Sie, Mr. Reeder?«

»In einer Villa am Meer, ein herrlicher Platz, ein wahres Paradies auf Erden«, seufzte Mr. Reeder. »Ein Ort, an den sich ein kluger Mann begibt, wenn er genesungsbedürftig ist, und der Herr im Lehnstuhl war ohne Zweifel genesungsbedürftig.«

»Sie haben Jeff Legge besucht, wie? Nehmen Sie Platz.«

Peter Kane wies auf die Marmorbank, auf der schon Jonny an einem gewissen Hochzeitstag, in traurige Gedanken vertieft, gesessen hatte.

»Ich denke, lieber nicht.« Mr. Reeder starrte kopfschüttelnd auf den Marmorsitz. »Ich leide an Rheumatismus mit gelegentlichem Ischias. Wir wollen lieber zusammen spazierengehen, Mr. Kane.« Er warf einen Blick auf die Hecke. »Überdies kann ich Horcher nicht leiden. Zuweilen horcht einer und hört mehr, als ihm lieb ist. Neulich vernahm ich von einem Mann, der zufällig hinter einem Busch stand und dabei furchtbare Dinge über die Persönlichkeit seines Schwiegersohnes zu hören bekam. Es war nicht gut für ihn, so viel zu hören.«

»Ich bin Ihnen Dank schuldig, Mr. Reeder, für die reizende Behandlung meiner Tochter . . .«

Mr. Reeder machte eine Handbewegung.

»Ein entzückendes Mädchen. Und sie interessiert sich so für Hühner! Man trifft selten Frauen, die ein aufrichtiges Interesse für Hühner haben.«

Sie hatten einen Platz erreicht, wo sie nicht belauscht werden konnten. Peter nahm an, daß der Besucher ihm noch Wichtigeres mitzuteilen hatte, und wartete ab.

Mr. Reeder kam nochmals aufs Thema des Horchens zurück.

»Mein Freund, wenn ich ihn so nennen darf, der durch einen Zufall erfuhr, daß sein Schwiegersohn ein verdammter Schurke ist – entschuldigen Sie den heftigen Ausdruck –, hätte sich ernste Unannehmlichkeiten zuziehen können. Denn sehen Sie, mein Freund – ich hoffe, er erlaubt mir, ihn so zu nennen – hat eine dunkle, nicht ganz legale Karriere hinter sich, und sein ganzer Erfolg beruhte bisher auf geschickter Strategie. Nun frage ich Sie – . . .« Er blickte nicht auf Peter, seine Augen schweiften über die Landschaft. »Ich frage Sie, war es geschickte Strategie, war es klug von meinem Freund, Mr. Emanuel Legge die erstaunliche Mitteilung zukommen zu lassen, daß zu einer bestimmten Stunde, in einem bestimmten Raum – ich glaube, seine Nummer war dreizehn, aber ich bin nicht sicher – Mr. John Gray sich mit Mr. J. G. Reeder treffen würde, um ihm eine Auskunft zu erteilen, die zur Folge hätte, daß Emanuel Legges Sohn auf lange Zeit im Zuchthaus verschwände? War es klug, die Handschrift eines von Emanuel Legges verrufenen Genossen nachzuahmen und den eben erwähnten Emanuel zu veranlassen, die Notleiter im Highlowklub zu ersteigen, um, wie er glaubte, auf Mr. John Gray zu schießen, der aber gar nicht Mr. Gray war, sondern sein eigener Sohn? Ich frage Sie, war das klug?«

Peter Kane gab keine Antwort.

»War es vorsichtig von meinem Freund, als er ins Hotel kam, in dem seine Tochter wohnte, und sah, daß sie fort war, einen bekritzelten Zettel auf dem Fußboden liegenzulassen, der Mr. Jeffrey die falsche Nachricht übermittelte, daß die Dame sich im Zimmer dreizehn um halb zehn mit Jonny Gray treffen wolle? Ich gebe zu«, sagte Mr. Reeder großmütig, »daß es meinem Freund durch diese geschickten Manöver gelang, Jeffrey Legge zur rechten Stunde gerade dorthin zu bringen, wo er ihn haben wollte. Denn Jeffrey begab sich natürlich in den Highlowklub, um seine Frau zu überraschen und einzuschüchtern. Sie sind ein Mann von Welt, Mr. Kane, und werden gewiß einsehen, wie furchtbar unbesonnen mein Freund gehandelt hat. Denn Jeffrey hätte getötet werden können.« Er seufzte tief und wischte ein Stäubchen vom Ärmel seines Cutaways. »Er hätte sein kostbares Leben verlieren können, und wenn bei der Untersuchung die gefälschten Briefe zum Vorschein gekommen wären, hätte mein Freund selbst sich im Mordverfahren verantworten müssen. Wie leicht hätten die Ereignisse in einer Tragödie enden können! Es war nur ein Zufall, daß Jeff mit dem Rücken zur Tür saß, und es war ein Zufall, daß Emanuel beim Hinausgehen nicht gesehen wurde. Und nur eine vollendete, höchst geschickte Lüge bewahrte Jonny Gray davor, verhaftet zu werden.«

»Jonny ist nicht dort gewesen!«

»Im Gegenteil, Jonny ist dort gewesen – bitte, geben Sie zu, daß er dort war!« flehte Mr. Reeder. »Andernfalls wäre meine ganze Theorie wertlos.«

»Das kann ich unmöglich zugeben«, beharrte Mr. Kane. »Jonny verbrachte den Abend bei einem Polizeibeamten. Es muß sein Doppelgänger gewesen sein.«

»Oder sein Tripelgänger vielleicht?« murmelte Reeder. »Wer weiß? Der Mensch gleicht in mancher Hinsicht dem Haushuhn – gallus domesticus. Es ist in hohem Maße eine Frage des Gefieders.« Er schaute zum Firmament empor, als erhoffte er sich von dort Rat. »Mr. Jeffrey Legge hat sich Ihnen nicht sehr nützlich erwiesen, Mr. Kane, ja, ich glaube, daß er Sie schwer geschädigt hat. Er ist ein Mann, der weder Grundsätze noch Ehre kennt und jedes noch so harte Schicksal verdient. Möglicherweise ist Ihnen seit diesem unseligen, wirklich abscheulichen Ereignis, an das ich Sie nicht erinnern kann, ohne Ihnen unnötigen Schmerz zuzufügen, einiges über Mr. Legge zu Ohren gekommen? Glauben Sie nicht, Mr. Kane, daß Sie der menschlichen Gesellschaft einen Dienst erweisen würden ...«

»Wenn ich – pfiffe?« fragte Peter Kane. »Über diesen Punkt kann ich Sie sofort beruhigen. Ich weiß von Jeffrey Legge nichts, außer daß er ein Lump ist. Aber selbst wenn ich etwas wüßte, wenn ich den Schlüssel zu seiner Druckerei besäße, wenn ich alle für seine Überführung nötigen Beweise in der Tasche hätte ...« Er wartete.

Mr. Reeder sah ihm zum erstenmal gerade in die Augen.

»Wenn Sie dies alles hätten?« fragte er sanft.

»Würde ich trotzdem nicht pfeifen. Es ist nicht der richtige Weg. Pfeifen bleibt Pfeifen.«

Mr. Reeder nahm den Kneifer ab, hauchte auf die Gläser, rieb sie erst sacht und dann energisch und sprach kein Wort.

»Das alles ist sehr ehrenwert«, sagte er schließlich, »diese, hm – Treue und, hm – Unbestechlichkeit. Wieder kommt mir der Vergleich mit dem Geflügel in den Sinn. Gewisse Hühnerrassen halten zusammen und wollen mit keiner anderen Rasse irgend etwas zu tun haben. Und selbst, wenn sie sich untereinander bekämpfen, würden sie füreinander in den Tod gehen. – Ihrer Tochter geht es doch gut, hoffe ich?«

»Sehr gut«, antwortete Peter, »überraschend gut. Ich fürchtete, es würde schlimmer für sie sein. – Da kommt sie!« Er hatte sich umgedreht und winkte. Marney kam die Terrassenstufen herab. »Du kennst doch Mr. Reeder?«

»Natürlich kenne ich ihn!« Sie streckte ihm die Hand entgegen. »Sie hätten mich beinah soweit gebracht, eine Geflügelfarm zu kaufen.«

»Das ist nicht das Schlimmste, was Sie tun könnten. Ich sagte schon zu ihrem Vater, wie auffallend es sei, daß nur sehr wenige Frauen für solche Dinge Verständnis zeigen. Männer haben viel, viel mehr Interesse für Hühner.«

Peter sah seinen Besucher verblüfft und prüfend an. Der Unterton in Reeders Stimme, das Aufblitzen unvermuteten Humors in seinen Augen ließen ihn aufhorchen und machten ihm den Mann geradezu sympathisch.

Peter Kane entschloß sich zu einem kühnen Vorstoß.

»Mr. Reeder ist ein Geheimpolizist«, sagte er zu seiner Tochter, »der im Auftrag der Banken Leute aufspürt, die den Markt mit falschen Scheinen überschwemmen.«

»Ein Geheimpolizist?« wiederholte Marney verwirrt.

Mr. Reeder beeilte sich, gegen diese Bezeichnung zu protestieren.

»Kein Geheimpolizist. Das ist ganz unzutreffend, und ich bitte Sie, Miss Kane, es nicht falsch aufzufassen. Ich bin nur ein Beamter, der gewisse Fragen zu klären hat, kein Geheimpolizist. Diese Bezeichnung ist mir im Innersten zuwider. In meinem ganzen Leben habe ich noch nie einen Menschen verhaftet und besitze auch gar nicht das Recht dazu.«

Marney lächelte ihn freundlich an.

»Jedenfalls sehen Sie nicht wie ein Geheimpolizist aus, Mr. Reeder!«

»Das möchte ich auch nicht. Ich danke Ihnen«, sagte er verbindlich und beugte sich ihr leicht zu. Dann zog Mr. Reeder eine große Brieftasche aus seinem Rock hervor und öffnete sie. Ein ganzer Packen Banknoten, den ein Gummiband zusammenhielt, befand sich darin. Peter zog bei diesem Anblick die Augenbrauen hoch.

»Einen solchen Haufen Geld tragen Sie mit sich herum, Mr. Reeder? Sie sind ein mutiger Mann!«

»Nein, nein, gar nicht mutig. Ich bin sogar sehr ängstlich.«

Mr. Reeder zog einen Schein unter dem Gummiband hervor und überreichte ihn dem Hausherrn.

»Ein Hunderter . . .«, sagte Peter.

»Würden Sie mir diesen Schein wechseln?«

»Wie meinen Sie das?«

»Ich fragte nur, ob Sie mir diesen Schein wechseln wollen? Aber entschuldigen Sie, vielleicht haben Sie nicht soviel Geld da? Man läßt ja gewöhnlich solche Summen nicht zu Hause liegen.«

»Nein, bitte, ich wechsle es Ihnen mit Vergnügen«, erwiderte Peter und wollte seine eigene Brieftasche herausziehen. Mr. Reeder wehrte mit einer Handbewegung ab.

»Falsches Geld«, bemerkte er kurz.

Peter schaute auf die Banknote, die er in der Hand hielt.

»Falsch? Unmöglich! Die ist echt.«

Er schüttelte den Schein, wie Kenner es tun, und hielt ihn gegen das Licht. Am Wasserzeichen war nichts auszusetzen. Auch die Geheimzeichen auf der Vorderseite, die er genau kannte, waren vorhanden. Er befeuchtete eine Ecke mit dem Daumen.

»Geben Sie sich keine Mühe«, sagte Reeder, »er besteht jede Probe.«

»Wollen Sie ernstlich behaupten, daß das eine Blüte ist?«

Als Reeder nickte, prüfte Peter die Note mit neuem Interesse. Er hatte schon viel falsches Geld gesehen und mußte zugeben, daß dies die beste Fälschung war, die er je in der Hand gehalten hatte.

»Ich hätte Ihnen den Schein ohne Bedenken gewechselt. Sind die übrigen auch von dieser Sorte?«

»Zeig mal, ist es wirklich falsches Geld?« fragte Marney und nahm ihrem Vater den Schein aus der Hand. »Wie wird es gemacht?«

Da niemand gewillt schien, ihr mehr als eine ausweichende Antwort darauf zu geben, besann sie sich auf einmal auf einige Andeutungen und Brocken aus Unterhaltungen über den ›großen Drucker‹, die sie gehört hatte.

»Jeffrey Legge?« fragte sie gespannt.

»Ja, Mr. Jeffrey Legge«, bestätigte Reeder. »Wir können natürlich nichts beweisen. Vielleicht wollen wir uns jetzt doch setzen?«

Er machte selbst den Vorschlag, zur Marmorbank zurückzukehren. Aber erst, nachdem er das Gebüsch, das die Aussicht auf den Rasenplatz verdeckte, einmal umkreist hatte, setzte er sich und begann zu sprechen:

»Ich habe Ihnen vieles zu sagen, Mr. Kane, denn ich fühle, daß Sie mir, unbeschadet Ihrer Grundsätze, helfen können. Es gibt nur zwei Menschen, die diese Note gestochen haben können, und nur einen, der das Papier beschaffen konnte. Drucken konnte sie jeder – ich meine, jeder, der zu drucken versteht. Die ersten beiden sind Lacey und Burns, die bereits wegen Fälschungen im Gefängnis saßen. Beide sind vor zehn Jahren entlassen und seither nicht mehr gesehen worden. Der dritte war bei der Banknotendruckerei in Wellington in der Papierfabrikation beschäftigt. Wegen Banknotenpapierdiebstahls wurde er zu sieben Jahren verurteilt. Auch er wurde vor geraumer Zeit entlassen und blieb verschwunden.«

»Von Lacey und Burns habe ich gehört. Wie heißt der dritte?« fragte Peter.

Mr. Reeder nannte den Namen.

»Jennings, sagen Sie? Nein, von dem ist mir nie etwas zu Ohren gekommen.«

»Das vermutete ich. Er befindet sich auf dem Kontinent. Denn, um das Papier herzustellen, sind die modernsten Maschinen erforderlich. Gedruckt wird hier.«

»Wo?« fragte Marney unbefangen, und zum erstenmal sah sie Mr. Reeder lächeln.

»Ja, um auf Mr. Jeffrey zurückzukommen – ihn brauche ich am dringendsten, und die Sache geht auch Sie etwas an, mein Fräulein. Ich könnte ihn morgen wegen Bigamie festnehmen lassen.« Er sah, wie sie errötete. »Das werde ich aber nicht tun. Ich brauche Jeff, den ›großen Drucker‹, nicht Jeff, den Bigamisten.«

Ein lautes Husten ließ sich vom Rasenplatz her vernehmen. Barney erschien oben auf der Terrassentreppe.

»Möchte jemand Emanuel Legge begrüßen?«

Sie sahen einander an.

»Ich nicht«, sagte Mr. Reeder entschieden. »Und Sie doch auch nicht?« Er nickte dem Mädchen zu. »Ich fürchte also, Mr. Kane, daß Sie allein das Vergnügen haben werden.«

17

»Ich dachte nicht, daß du nochmals herkommen würdest, Legge!« sagte Peter kalt, als er in den Salon trat, wo Emanuel mit Kennermiene die Gemälde betrachtete, die an der Wand hingen.

Legge kehrte sich um.

»Nicht?« Er stellte sich überrascht. »Warum nicht? Noch dazu, wo ich manches in Ordnung zu bringen habe!«

»Du hast gar nichts in Ordnung zu bringen. Je früher du das einsiehst und verschwindest, desto besser für uns alle.«

»Wenn ich geahnt hätte«, behauptete Emanuel schamlos, »daß das Mädchen, mit dem sich Jeffrey eingelassen hat, deine Tochter ist, hätte ich der Sache sofort ein Ende gemacht. Glaubst du, mein Sohn würde die Tochter eines Mannes heiraten, der seinen Vater hereingelegt hat? Glaubst du das im Ernst? Aber wie dem auch sei, was geschehen ist, läßt sich nicht ungeschehen machen. Und die beiden lieben sich . . .«

»Wenn du mit deinem Schwank zu Ende bist, kannst du gehen – vor dem Lunch lache ich ohnehin nie.«

»Und nach dem Lunch? Ich muß zu sehr ungelegener Zeit gekommen sein. Nun, hör zu, Peter! Reden wir von Geschäften.«

»Ich habe keine Geschäfte mit dir.« Peter öffnete die Tür.

»Verlier bloß nicht deine Ruhe, Peter! Ich habe einmal meine Ruhe verloren, auf einen Polypen geschossen und dafür fünfzehn Jahre gesessen. Fünfzehn Jahre, in denen du hier im Überfluß schwelgtest, Partys gabst und alle Welt glauben ließest, du wärst ein Ehrenmann. Ich will dir einen Vorschlag machen, Peter. Ich möchte dich und Jonny zu einem kleinen Essen mit mir und Jeffrey einladen, um die Sache gemeinsam zu regeln. Du hast doch nicht die Absicht, deine Tochter vor das Ehescheidungsgericht zu bringen, nicht wahr? Denn scheiden lassen muß sie sich, egal, ob er vorher schon verheiratet war oder nicht. Natürlich war er gar nicht verheiratet. Ich hätte mir nie träumen lassen, daß du auf die Geschichte hereinfallen könntest, Lila sei mit Jeff richtig verheiratet. Diese Mädchen wiederholen alle das alte Lied. Es ist nur weibliche Eitelkeit, nichts sonst.«

»Vielleicht hat der Standesbeamte den Trauschein auch nur aus Eitelkeit unterzeichnet?« fragte Peter. »Und die Trauzeugen haben sich auch nur aus Eitelkeit dazu bereit gefunden? Dein Sohn ist vor dem Standesamt in Greenwich mit dem Mädchen getraut worden. Ich besitze eine Kopie des Trauscheins. Du kannst sie sehen, wenn du willst.«

Emanuels Gesicht blieb unverändert freundlich.

»Verheiratet oder nicht, Peter, deine Tochter muß vors Gericht, damit die Ehe – wie sagt man doch? – ja, richtig, damit die Ehe annulliert wird. Vorher kann sie nicht wieder heiraten. Annulliert jedoch kann die Ehe nur werden, wenn meinem Sohn Bigamie nachgewiesen wird. Daran hingegen kann dir nichts liegen, weil alle Welt erfahren würde, was für ein Narr du gewesen bist. Hör also auf meinen Rat, komm und laß uns die Sache miteinander besprechen. Bring Jonny mit . . .«

»Warum sollte ich Jonny mitbringen? Kann ich etwa nicht für mich selbst sorgen?«

»Jonny ist als Partei beteiligt. Er ist an allem beteiligt, was Marney betrifft, nicht?« Emanuel kicherte.

Peter Kane mußte sich zusammennehmen, um ruhig zu bleiben.

»Ich habe nicht die Absicht, mit dir über Marney zu reden.

Doch bin ich bereit, mich mit dir und dem ›Drucker‹ zu treffen. Jonny wird wohl auch nichts dagegen haben, denk' ich. Obwohl ich nicht glaube, durch dich etwas Besseres erreichen zu können, als mir das Gesetz ohnehin zubilligen würde. Ich weiß nicht, was du im Schilde führst, aber ich möchte mich nicht drücken. Du willst also, daß ich mich mit dir und deinem Sohn treffe? Wo?«

»Wie wär's mit dem alten Highlowklub?« schlug Emanuel vor. »Vielleicht in Zimmer dreizehn, wo sich kürzlich ein betrüblicher Unfall ereignete?«

»Wo du auf deinen Sohn geschossen hast?« ergänzte Peter.

Für einen Augenblick verlor der alte Legge die Fassung. Sein Gesicht wurde erst dunkelrot, dann weiß.

»Ich soll auf meinen Sohn geschossen haben? Du wirst alt und kindisch, Peter! Ich – soll auf meinen Sohn ...«

»Ich nehme deine verrückte Einladung an.«

»Und Marney?« fragte Legge.

»Marney setzt ihren Fuß nicht in den Highlowklub. Es ist Wahnsinn von dir, anzunehmen, daß ich so etwas zulassen könnte. Für Jonny kann ich nicht einstehen, ich aber werde kommen.«

»Wie wär's am Donnerstag?«

»Mir ist jeder Tag recht«, sagte Peter ungeduldig. »Um welche Zeit sollen wir da sein?«

»Um halb acht. Wir nehmen einen Bissen zu uns, um uns gute Laune zu machen, nicht wahr? Erinnerst du dich unseres Dinners, wenige Tage vor dem Einbruch in die Southern Bank? Das muß jetzt zwanzig Jahre her sein. Damals gab's keine Komplikationen hinterher, natürlich – ich hatte ja das Geld! Da konnte man nicht eine Million Dollar einstecken und sie dann hundertzwanzigtausend Pfund nennen, wie?«

Peter Kane stand an der Tür und machte eine Kopfbewegung.

»Nun, wir wollen die Geschichte regeln«, lenkte Emanuel ein. »Siehst du, Peter, ich werde alt, ich will ins Ausland und den Jungen mitnehmen. Er soll seine Freiheit haben und sein Glück machen. Ein Bursche, der gut aussieht wie er ... Ich will dir die Wahrheit sagen – er ist nämlich unverheiratet. Er hat Lila geheiratet, das weißt du aus den Akten, aber hast du auch die

Scheidungslisten angesehen? Du staunst, was? Sie sind ein Jahr nach ihrer Verheiratung geschieden worden. Lila ist aber später zu ihm zurückgekehrt. Frag den alten Reeder . . .«

»Frag ihn doch selbst – er ist im Garten.«

Kaum war es draußen, tat es Peter leid. Emanuel sagte eine Weile nichts.

»So, Reeder ist hier. Im Garten, sagst du? Ist er gekommen, um was zu hören? Du kannst ihm aber nichts sagen, denn du weißt nichts. Was will er?«

»Frag ihn doch selbst!«

»Hat der Kerl nichts anderes zu tun, als anderer Leute Gärten zu besuchen? Gestern war er bei mir im Garten. Er hat es dir wohl schon gesagt? Kam, um den armen Jeff zu quälen. Aber du hast immer eine Vorliebe für Greifer gehabt, nicht? Wie geht es deinem alten Freund Craig? Ich kann sie nicht ausstehen. Also, Donnerstag paßt dir, Peter? Es sind sechs Tage bis dahin.«

»Donnerstag paßt mir.«

Als Peter über den Rasenplatz zurückging, kamen ihm Reeder und Marney entgegen. Ohne Umschweife erzählte er, was vorgefallen war.

»Ich fürchte«, antwortete Mr. Reeder, »Emanuel nimmt es mit der Wahrheit nicht so genau, wie er sollte. Es hat keine Scheidung stattgefunden. Die Sache hat mich so interessiert, daß ich die Ehescheidungsregister eingesehen habe.« Er rieb sich gedankenvoll das Kinn. »Ich denke, Ihr Dinner im Highlow – so war doch der Name? – kann ganz interessant werden. Sind Sie sicher, daß er mich nicht auch eingeladen hat?«

Wieder bemerkte Peter den rasch aufblitzenden Humor in den grauen Augen.

18

Die Nachwirkungen der vorübergehenden Schließung des Highlowklubs waren noch nicht überwunden. Viele Mitglieder mieden den Klub. Es widerstrebte ihnen aus nicht ganz unverständlichen Gründen, sich in Räumlichkeiten aufzuhalten, die jeden

Augenblick von wißbegierigen Polizeibeamten durchsucht werden konnten.

Stevens, der Portier, nahm wieder seinen Platz ein, obwohl sein Verhalten, Emanuels Ansicht nach, zu den schwersten Bedenken Anlaß gab. Andererseits war er zu vertraut mit dem Betrieb, als daß man auf seine Dienste ohne weiteres verzichten konnte. Stevens hatte den alten Legge mit der Erklärung überrascht und entwaffnet, er würde seine Stellung aufgeben, wenn das Personal nicht gewechselt würde. Das in Frage stehende ›Personal‹ bestand allerdings nur aus dem Liftboy Benny.

»Benny hat über mich gepfiffen«, erklärte Stevens entschlossen, »und ich will keinen Pfeifer in meiner Nähe!«

»Ganz richtig, mein Freund, er hat mir was vorgepfiffen –.« Emanuel bleckte auf widerlichste Weise seine Zähne. »Er sagte mir, daß du versucht hast, Jonny Gray zu decken.«

»Ist er ein Mitglied oder nicht?« fragte der Portier unwillig. »Wie kann ich wissen, was für Mitglieder Sie los sein wollen, und welche gedeckt werden sollen? Natürlich half ich dem Captain – oder glaubte wenigstens, versuchen zu müssen, ihm zu helfen. Das gehört zu meinem Amt.«

Es lag viel Logik in diesen Worten, und Benny, der Liftführer, wurde durch einen andern Boy ersetzt.

Als Emanuel einige Tage danach aus dem Aufzug trat, bemerkte er Abdrücke schmutziger Stiefel im Korridor. Sie waren noch feucht.

»Wer ist hier?« fragte er den Portier.

»Niemand von Bedeutung.«

»Da muß doch gerade jemand hier gewesen sein.« Legge zeigte auf die frischen Fußspuren.

»Die stammen von mir«, versicherte Stevens ohne Zögern. »Ich war draußen, um für Monty Ford ein Taxi zu holen.«

»Gibt es keine Türvorleger?«

Stevens gab keine Antwort.

Emanuel hatte verschiedenes im Kontor zu erledigen, zum Beispiel die Angelegenheit mit einem gewissen Haus am Berkeley Square. Er betrieb ständig eine Menge zweifelhafter Finanzgeschäfte. Das Haus war samt Einrichtung auf ein Jahr gemietet worden. Es befanden sich wertvolle Gemälde, antike Gegenstände, Silber und sonstige Kostbarkeiten darin. Legges Komplicen hätten in den Räumen einen Spielklub eröffnen sollen. Unglücklicherweise war der Hausbesitzer Emanuels Strohmann auf die Schliche gekommen und hatte den Vertrag sofort aufgelöst. Die ganzen Vorbereitungen und Umtriebe hatten Emanuel einen runden Tausender gekostet, und er haßte es, gutes Geld zu verlieren.

Er verließ an diesem Abend den Klub ziemlich spät, wollte in der Stadt übernachten und mit einem Morgenzug zu seinem Sohn hinausfahren, der seiner Genesung entgegenging. Es hatte stark geregnet, und die Straße war menschenleer, als er aus dem Klubgebäude trat. Er schlug den Kragen seines Mantels hoch.

Nach wenigen Schritten tauchte aus einem dunklen Torweg die Gestalt eines Mannes auf und stellte sich ihm in den Weg. Legges Hand fuhr in die Tasche. Er gehörte zu einer in England seltenen Gangsterspielart – den Revolverhelden.

»Laß deine Artillerie aus dem Spiel, Legge!« sagte eine seltsam bekannte Stimme.

Er starrte ins Dunkel, konnte aber das Gesicht des Mannes nicht unterscheiden.

»Wer sind Sie?«

»Ein alter Bekannter. Hast du alle deine alten Kameraden vergessen? Du wirst nächstens noch an einem Schinder vorbeigehen, ohne ihn zu grüßen!«

Emanuel ging ein Licht auf.

»Ach – Fenner, nicht wahr?«

»Ich habe auf dich gewartet, Emanuel Legge. Ich wollte wissen, ob du dich noch eines Kameraden erinnerst, den du auf den Prügelbock gebracht hast. Fünfzehn Peitschenhiebe! Du hast wohl nie eine Tracht bekommen, Legge? Es ist nicht so harmlos, wie du vielleicht annimmst. Als sie mich damals in meine Zelle zurückgebracht und mir Verbandzeug um die Schultern gewikkelt hatten, lag ich eine Woche lang auf dem Gesicht. Das störte mich natürlich im Schlaf, aber es half mir, nachzudenken. Und ich dachte mir, daß ein Tausender für jeden Hieb nicht zuviel verlangt wäre von dem Mann, der mir sie verschafft hatte.«

»Ah, du bist auf Erpressung aus, wie? Fünfzehntausend Pfund – ist das dein Preis?«

»Mit fünfzehntausend könnte ich recht viel anfangen, Legge – auf Reisen gehen oder mir vielleicht ein Haus auf dem Lande mieten.«

»Wie wär's mit Dartmoor?« fragte Emanuel zynisch. »Du bekommst von mir keine fünfzehntausend Pfund – nicht mal fünfzehntausend Pence. Mach, daß du weiterkommst!«

Er schritt brüsk vorwärts. Fenner trat beiseite. Er hatte gesehen, was Legge in der Hand hielt, der jetzt schräg über die Achsel zurückblickend weiterging, bereit, jeden etwaigen Angriff zu parieren.

»Ich treff' dich bestimmt noch mal, wenn du deinen Revolver nicht gleich zücken kannst«, rief ihm Fenner nach.

Emanuel kam ein Gedanke, und er kehrte langsam um.

»Wozu Skandal machen, Fenner? Ich habe dich nicht angegeben. Ein halbes Dutzend Leute sahen zu, als du den Schinder schlugst.«

»Aber sie traten nicht als Zeugen auf, wie?« bemerkte Fenner mit verhaltener Wut. »Du warst der einzige von den Gefangenen, und ein Schinder war nicht in der Nähe.«

»Das ist schon lange her«, sagte Emanuel nach einer Weile. »Du wirst doch nicht jetzt deswegen Lärm schlagen? Fünfzehntausend Pfund kommen nicht in Frage. Es ist lächerlich, das von mir zu verlangen. Aber wenn dir mit ein paar hundert gedient ist, nun gut, dann will ich sie dir schicken.«

»Ich will sie gleich haben.«

»Das kannst du nicht, weil ich sie nicht bei mir habe. Sag mir, wo du zu finden bist, und ich schicke sie dir morgen früh durch einen Burschen zu.«

Fenner zögerte. Er war überrascht, auch nur ein paar hundert zu erhalten.

»Ich wohne im Rowton House in Pimlico.«

»Unter deinem eigenen Namen?«

»Unter dem Namen Fenner – das genügt für dich.«

Emanuel wiederholte die Adresse.

»Um zehn Uhr wird das Geld dort sein. Du bist ein Dummkopf, mit mir zu streiten. Ich könnte dir zu einem Geschäft verhelfen, bei dem du nicht fünfzehn-, sondern zwanzigtausend haben könntest.«

»Wo?« fragte Fenner spontan.

»Da ist ein Haus auf dem Berkeley Square – Nummer 973. Wart' einen Augenblick!«

Ein Glück, daß ihm das gescheiterte Mietobjekt eingefallen war! Er kehrte in sein Kontor im Klub zurück und nahm aus einem Schubfach seines Schreibpults einen Schlüsselbund heraus – Duplikate der Hausschlüssel, die er in der kurzen Zeit, als die richtigen in seiner Hand waren, hatte anfertigen lassen.

Fenner wartete dort, wo er ihn verlassen hatte.

»Hier sind die Schlüssel. Ein Bekannter hat sie sich beschafft, im letzten Moment aber kalte Füße gekriegt. Das Haus ist jetzt unbewohnt. Im Geldschrank sind Schmucksachen im Wert von etwa achttausend Pfund, und im Glaskasten – gleich im größten Salon, nicht zu verfehlen – noch andere Kostbarkeiten. Geh und sieh dir's an! Außerdem ein Vermögen an Geschirr . . .«

Fenner ließ die Schlüssel in der Hand klimpern.

»Warum hast du es dir nicht selbst geholt, Emanuel?«

»Nichts für mich. Ich lass' mich auf so was nicht mehr ein. Aber ich will mein Teil, Fenner! Bilde dir nur nicht ein, daß du es umsonst bekommst. Du hast ein paar Nächte Zeit, um die Sache auszuführen. Nachher ist nichts mehr zu machen, dann zieht jemand ein.«

»Aber warum überläßt du mir das Geschäft?« fragte Fenner, der immer noch mißtrauisch war.

»Weil sonst niemand da ist.« Die Antwort klang recht überzeugend. »Möglich, daß die Schmucksachen überhaupt schon weg sind. Wenn der rechte Mann da wäre, würde ich dir die Sache nicht übergeben, denn bei dir weiß ich nicht, ob ich meinen Anteil bekomme.«

»Du sollst deinen Anteil haben!« stieß Fenner heftig hervor. »Aber ich bin ein Narr, mich darauf einzulassen. Ich weiß ja, was für ein Pfeifer du bist. Trotzdem will ich es riskieren. Wenn du mich damit hereinlegst, Emanuel, bring' ich dich um. Das ist mein Ernst.«

»Hör auf, ich hab' es satt, von meiner Ermordung reden zu hören. Wenn du keine Lust dazu hast, laß es bleiben. Ich will dir morgen früh das Versprochene schicken. Das ist alles, was ich für dich tun kann. Gib die Schlüssel wieder her!«

»Ich will es mir überlegen«, sagte Fenner und ging.

Es war ein Uhr nachts. Noch einmal kehrte Emanuel in den Klub zurück und fuhr mit dem Aufzug, den der neue Boy bediente, in den dritten Stock hinauf.

»Alles fort, Stevens?« fragte er den Portier.

»Da sind noch eine Dame und ein Herr – in Nummer acht. Seit neun Uhr streiten sie sich und könnten wirklich mal ein Ende damit finden.«

»Gib mir Verbindung mit dem Telefonamt direkt ins Kontor«, befahl Legge.

Hinter dem Portierpult befand sich ein Schaltbrett. Stevens steckte den Kontaktstöpsel ein und stellte die Verbindung her.

Emanuel hatte unter den niederen Chargen des Kriminaldienstes etliche Bekannte. Diese Kontakte kosteten ihn nicht wenig, aber sie waren oft außerordentlich nützlich. Der Zufall wollte es, daß er in dieser Nacht Wachtmeister Shilto, den er gut kannte, in seiner Kanzlei erreichte. In einem Theater war ein Juwelendiebstahl verübt worden, der den Wachtmeister noch in Anspruch nahm.

»Sind Sie es, Shilto?« fragte Legge leise. »Hier spricht Manileg.« Er gab seine Telegrammadresse an, die ihm zugleich als Deckname diente, wenn er über so heikle Dinge verhandeln wollte wie jetzt.

»Ja, Mr. Manileg?« fragte Shilto interessiert, da Emanuel nicht anzurufen pflegte, wenn nichts Ungewöhnliches vorlag.

»Wollen Sie einen guten Fang tun?« fragte Legge beinah flüsternd. »Da ist ein Mann namens Fenner . . .«

»Der alte Sträfling? Ja, ich hab' ihn heute gesehen. Was macht er?«

»Er holt sich etwas Silberzeug aus Nummer 973 am Berkeley Square. Beobachten Sie den Vordereingang. Sie werden ihn wahrscheinlich hineingehen sehen. Vorsicht, er hat einen Revolver. Wenn Sie sich beeilen, sind Sie vor ihm dort. Gute Nacht!«

19

Peter Kane hatte Legges Einladung schriftlich weitergegeben. Jonny Gray erhielt den Brief mit der ersten Post. Er saß, noch im seidenen Pyjama, in den großen Lehnstuhl zurückgelehnt und stützte das Kinn auf beide Hände. Parker, der ihn in dieser Stellung erblickte, störte ihn nicht in seinen Gedanken.

Jonny las den Brief zum zweitenmal, zerriß ihn und warf ihn in den Papierkorb.

»Parker, was würden Sie anziehen, wenn Sie eingeladen wären, in einer Löwenhöhle zu Abend zu speisen?«

Parker blickte nachdenklich auf ihn herab und biß sich auf die Lippen.

»Falls außer den Löwen auch noch Damen zum Dinner erwartet werden, müßte man natürlich im Frack erscheinen.«

Jonny stieß einen Seufzer aus.

»Solche Dinner sind schon vorgekommen, Sir«, begann Parker sich zu rechtfertigen. »Ich erinnere mich, in meiner Knabenzeit kam eine Menagerie in unsere Stadt, und eine ihrer Nummern war ein Dinner, das im Löwenkäfig serviert wurde. Ich erinnere mich noch genau, der Löwenbändiger trug einen Frack – und dazu Stulpenstiefel, die ein Gentleman allerdings unmöglich zum Frack tragen könnte.« Er zögerte und überlegte wieder. »Anders verhält es sich, wenn es sich um ein Kostümfest handelt, dort ist jeder Anzug erlaubt. Was mich persönlich betrifft, würde ich mir unter keinen Umständen einfallen lasen, unter Löwen zu speisen.«

Jonny lachte.

»Diese Antwort habe ich erwartet, und es ist das Klügste, was Sie heute morgen gesagt haben. Nichtsdestoweniger werde ich Ihrem vortrefflichen Rat folgen, sondern will am Donnerstag im Highlowklub dinieren. – Bringen Sie mir die Morgenzeitung, ich hab' sie noch nicht gesehen.«

Teilnahmslos blätterte er in der Zeitung. Die politischen Ereignisse, die London zur Zeit in Aufregung versetzten, berührten ihn nicht. Doch auf einer der inneren Seiten fand er eine kurze Lokalnotiz, die ihn mehr interessierte. Sie bezog sich auf die

Verhaftung eines Einbrechers, der in einem Haus am Berkeley Square auf frischer Tat ertappt worden war. Fenner hieß der Mann. Jonny schüttelte den Kopf. Über die Person gab es kaum einen Zweifel – Einbruchdiebstahl war Fenners Spezialität. Da die Nachricht erst in früher Morgenstunde eingelaufen war, fehlten nähere Einzelheiten.

Jonny legte die Zeitung weg. Dann mußte Fenner also in die Hölle zurück! Doch jedenfalls blieben ihm die Schrecken von Keytown Jail erspart, wenn es stimmte, was Craig gesagt hatte. Er warf einen Blick auf die Uhr, sah, daß es bald elf war, und sprang auf. Er wollte an diesem Tag mit Marney lunchen, Peter brachte sie in die Stadt, und er sollte beide am Victoriabahnhof treffen.

Seit seiner Entlassung aus Dartmoor hatte Jonny noch keine Gelegenheit gehabt, mit Marney in Ruhe zu sprechen. Er freute sich darum sehr auf diesen Tag. Auf dem Bahnhof mußte er einige Zeit warten, da der Zug Verspätung hatte. Zerstreut betrachtete er das unaufhörliche Getriebe in der großen Halle, bis ihm ein Mann in seiner Nähe auffiel, das heißt, er spürte ihn zuerst mehr, als daß er ihn bewußt wahrnahm. Mit dem sechsten Sinn, der dem guten Geheimpolizisten wie dem Gesetzesbrecher in gleicher Weise eigen ist, wußte er, daß der schäbig gekleidete Fremde ihn im Auge hatte, obwohl er ihn gar nicht anzusehen schien. Bald erkannte er in ihm einen Sträfling aus Dartmoor, der zusammen mit Fenner und für das gleiche Vergehen ins Gefängnis gekommen, bald nach Jonnys Ankunft jedoch entlassen worden war.

»Ich bin Ihnen bis hierher nachgegangen, Mr. Gray, wollte Sie aber nicht auf der Straße anreden.« Der Mann tat, als wäre er in die Zeitung vertieft, und sprach, fast ohne die Lippen zu bewegen.

Jonny wartete und fragte sich, was er ihm wohl mitzuteilen hätte, zweifelte aber nicht, daß es mit Fenner zusammenhängen würde.

»Fenner ist von Legge 'reingelegt worden. Er wollte sich etwas Silber aus einem Haus am Berkeley Square holen, und Shilto erwartete ihn in der Vorhalle.«

»Woher wissen Sie, daß Legge ihn hereingelegt hat?« fragte Jonny.

»Es war regelrechte Angeberei«, beteuerte der andere, ohne eine weitere Erklärung zu geben. »Wenn Sie für Fenner ein gutes Wort einlegen könnten, wäre er Ihnen sehr dankbar.«

»Aber, lieber Freund, bei wem kann denn ich ein gutes Wort einlegen? Wenn es sich um meine leibliche Tante handeln würde, könnte ich unter diesen Umständen nichts für sie tun.« Jonny sah auf, ein Aufblitzen in seinen Augen, und hastig schloß er: »Ich will aber trotzdem sehen, was sich machen läßt.«

Ein schneller Seitenblick – der lichtscheue Geselle begriff und verschwand ohne weitere Aufforderung.

Jonny ging mit großen Schritten auf Marney zu und ergriff, ohne vorerst von Peter Kane Notiz zu nehmen, ihre beiden Hände.

Als er sie in ein Taxi gesetzt hatte, winkte ihn Peter beiseite.

»Dieses Highlowdinner ist mir gar nicht geheuer. Liebesmähler sind nicht Emanuels Spezialität, und von irgendeiner Seite wird ein Schlag erfolgen. Ich hoffe, du bist darauf vorbereitet, Jonny?«

»Ich weiß nicht«, meinte Jonny, »das Ganze ist zu plump und klar, als daß ich etwas anderes erwarte als einen Versuch, die Angelegenheit mit Marney wieder ins reine zu bringen.«

»Da ist nichts ins reine zu bringen!« fuhr Peter auf. »Hat er Bigamie begangen, muß er es ausbaden, verstehst du? Das wird unangenehm sein, weil Marney ins Gerede kommt, aber ich will die Sache durchfechten.« Er wandte sich zum Gehen und winkte mit der Hand.

Jonny stieg zu Marney ins Taxi. Der Wagen fuhr an.

»Was ist mit Papa?« fragte sie. »Er ist schon die ganze Zeit so still und nachdenklich. Wahrscheinlich macht er sich meinetwegen Sorgen. Das sollte er nicht. Ich bin nie glücklicher gewesen.«

»Warum?« wollte Jonny wissen.

Eine leichte Röte stieg ihr ins Gesicht.

»Weil ... Nun, zunächst einmal, weil ich unverheiratet bin. Der Gedanke war mir furchtbar, Sie wissen nicht, wie furchtbar,

Jonny! Aber ich verstehe jetzt, warum Papa so ängstlich darauf bedacht war, mich in eine ehrbare Gesellschaft zu verheiraten. Was dabei herausgekommen ist, hat eigentlich mehr eine komische Pointe. Ich weiß nicht, ob Sie das unmoralische Gefühl der Wichtigkeit verstehen können, das mich überkam, als ich von Papas zahlreichen ungesetzlichen Taten hörte!«

»War es nicht auch ein schwerer Schlag für Sie, Marney?«

»Ja, natürlich, es tut weh, auf einmal die Dinge anders sehen zu müssen. Aber ich glaube, als ich erfuhr . . .« Sie brach ab.

»Als Sie erfuhren, daß ich ein Dieb war, nicht?«

»Ach, Jonny, warum hatten Sie es getan? Sie waren ein bevorzugter Mensch, ein Gentleman mit Universitätsbildung. Papa ist viel eher zu entschuldigen. Er hat mir von seiner Jugend, seinen Kämpfen, seinem harten Leben erzählt. Ihnen standen ganz andere Wege offen.«

Er schwieg. Sie seufzte schnell und legte ihre Hand auf seine.

»Ich bin nicht gekommen, um Sie zu belehren, und ich will Sie nicht einmal fragen, ob Sie in Zukunft um meinetwillen auf dem rechten Weg bleiben wollen. Ich bin auch keine Märchenfee, die Sie vor sich selbst schützen will.«

»Ich bin besser geschützt als Sie ahnen.« Jonny lächelte seltsam. »Sie haben vollkommen recht – es gab keinen plausiblen Grund für mich. Ich war ein Opfer der Verhältnisse. Vielleicht war es der Reiz des Spiels – nein, nein, das war es nicht! In den nächsten Tagen will ich Ihnen erzählen, warum ich den Pfad der Tugend verlassen habe. Es ist eine lange, merkwürdige Geschichte.«

Sie kam nicht mehr auf diesen Punkt zurück und war beim Lunch so fröhlich wie immer. Mit Befriedigung bemerkte Jonny, daß sie den Trauring aus Platin abgelegt und dafür einen einfachen, schmalen Goldring mit einem Türkis am Finger hatte. Als er sie zum erstenmal an einem ländlichen Wohltätigkeitsfest traf, hatte er ihr diesen Ring – gewonnen beim Wettschießen, das zum Festprogramm gehörte – geschenkt, und er war mit dem gleichen harmlosen Übermut angenommen worden, mit dem er dargeboten wurde. Nichts hätte Jonny in diesem Augenblick mehr gefreut als der Anblick dieses Ringes an ihrem Finger.

Nach dem Lunch kam sie wieder auf ernste Dinge zu sprechen.

»Sie werden doch vorsichtig sein, Jonny, nicht wahr? Papa sagt, daß Jeff Legge Sie haßt. Er ist fest überzeugt, daß Jeffrey und sein Vater vor nichts zurückschrecken, um Ihnen – und mir zu schaden.«

Jonny beugte sich über den Tisch und dämpfte die Stimme:

»Marney, wenn die Sache geregelt ist – ich meine, wenn Ihre Ehe gelöst ist, werden Sie mich nehmen? Was ich auch sein mag?«

Sie sah ihm fest in die Augen und nickte. Es war ein höchst seltsamer Antrag, und Jeffrey Legge, der den beiden vom Bahnhof an gefolgt war und sie jetzt von einem Balkon des Restaurants aus beobachtete, fühlte, wie ihm das Blut ins Gesicht stieg, als er erriet, was diese Szene bedeutete.

20

Am Donnerstag nachmittag trat Emanuel Legge aus dem Aufzug, nickte Stevens flüchtig zu, ging sogleich den Korridor entlang und schloß die Tür seines Kontors auf. Dort saß er eine halbe Stunde lang, die Hände auf der Schreibunterlage gefaltet, regungslos und in Gedanken versunken vor seinem Tisch. Dann öffnete er das Pult und drückte auf eine seitlich angebrachte Klingel. Kurz darauf erschien der Oberkellner, ein großer Italiener.

»Fernando, Sie haben alles für das heutige Dinner vorbereitet?«

»Gewiß, Signor Legge.«

»Die besten Weine im Haus?«

»Die allerbesten«, versicherte Fernando lebhaft.

»Wir sind vier Personen – Major Floyd und ich, Mr. John Gray und Peter Kane.«

»Die Dame kommt nicht?« fragte Fernando.

»Nein, sie wird heute abend wohl nicht mit uns speisen.«

Als der Kellner gegangen war, erhob er sich, verriegelte die Tür und trat vor ein Wandgestell, das ganz verschalt und mit vielen Ziehfächern versehen war. Er öffnete ein Fach, drehte innen an einem Handgriff und zog daran. Das Gestell schwang wie eine Türe auf. Dahinter lag eine schmale Wendeltreppe, die sowohl hinauf- als auch hinabführte. Emanuel ließ die Geheimtür offen und drehte an einem Schalter. Der Treppenschacht wurde hell. Erst zögerte er und überlegte, ob er hinaufgehen sollte, doch dann stieg er abwärts. Am Fuß der Treppe befand sich eine Tür, durch die man ins Kellergewölbe des Hauses gelangte. Als er die Tür öffnete, schlug ihm eine Welle so heißer Luft entgegen, daß ihm der Atem stockte. Das Kellerverlies enthielt einen Tisch, auf den von oben helles Licht fiel, und einen mächtigen Schmelzofen, von dem die unerträgliche Hitze ausströmte. Es war wie ein türkisches Bad, und nach wenigen Sekunden rann ihm der Schweiß von der Stirn.

Ein breitschultriger, untersetzter Mann saß am Tisch, der außer blauen Hosen aus grober Baumwolle nichts anhatte. Ein dickes Buch lag aufgeschlagen vor ihm. Er war gelbhäutig, ein Mischling. Er hatte sich erhoben und kam jetzt Legge entgegen.

»Den Ofen angemacht, was, Pietro?« fragte Emanuel milde und nahm die Brille ab, um die Feuchtigkeit, die sich angesetzt hatte, abzuwischen.

Pietro murmelte etwas vor sich hin, hob einen eisernen Feuerhaken auf und öffnete die Ofentür. Legge hielt schnell die Hände vors Gesicht, um sich vor der herauslodernden Glut zu schützen.

»Mach zu, mach zu!« rief er ärgerlich.

In einem Meter Abstand vom Ofen befand sich ein viereckiger Mauervorsprung, der einen Meter über dem Fußboden begann und bis zur Decke reichte. Es sah wie ein Ventilationsschacht aus, diente jedoch einem andern Zweck. Der Schacht führte bis hinauf zum Aufbau auf dem Dach.

»Du hast doch ein gutes Feuer angemacht, Pietro? Du könntest da drinnen einen Menschen verbrennen, was?«

»Alles verbrennen«, brummte der Heizer, »nur keinen Menschen.«

»Du hast wohl Angst, daß ich dir einen Mord anhängen will? Nun, du brauchst dir keine Gedanken darüber zu machen. Aber es ist doch heiß genug, um Kupfer zu schmelzen, wie?«

»Daß nichts davon übrigbleibt.«

»Was verbrannt in letzter Zeit?«

Pietro rieb sich die gewaltigen Arme.

»Ja. Sie sind letzten Montag, eine Woche nachdem auf den Chef geschossen wurde, gekommen. Die oben wußten, daß sie kommen würden, und so gab es nichts zu sehen. Der Ofen war beinah ausgegangen.« Pietro schwieg und machte ein verdrießliches Gesicht. »Nur – der Chef hat jetzt angeordnet, daß der Ofen eine Woche lang brennen muß. Das ist recht hart für mich, Mr. Legge. Zuweilen ist es fast zum Sterben, so fürchterlich ist die Hitze.«

»Du kannst nachts weg«, sagte Emanuel, »und es gibt Wochen, in denen du nichts zu tun hast. Ach ja, heute abend brauch' ich dich – hat Mr. Jeff es dir gesagt?«

Als Legge den Heizraum verließ, war ihm, als träte er in einen Eiskeller, so groß war der Gegensatz. Sein Kragen war aufgeweicht, die Kleider klebten ihm am Leib. Er stieg die Wendeltreppe hinauf, an der Tür seines Kontors vorbei, bis zum letzten Absatz, der so klein war, daß sein Fuß kaum Platz darauf fand. Zweimal klopfte er an eine Tür, zu der er keinen Schlüssel besaß. Nach einer Weile ertönte ein Klopfen als Antwort, ein winziges Guckloch öffnete sich, und ein Auge musterte ihn genau.

Endlich ging die Tür auf. Der Mann, der Legge mit freundlichem Grinsen begrüßte, war klein und kahlköpfig. Er mochte etwa sechzig Jahre alt sein. Das Wunderliche seiner Erscheinung lag weniger in der abgetragenen Kleidung und der extremen Kleinheit seiner Gestalt, als in dem goldgefaßten Monokel, das auf seinem rechten Auge eingeklemmt saß.

Ein vergittertes Dachfenster erhellte den Raum. In der Mitte stand ein großer Tisch, der mit allerhand Gegenständen bedeckt war. Darunter befanden sich ein Mikroskop und ein mit schwarzen Fläschchen angefüllter Kasten. Unter einer hellen Lampe war eine längliche Kupferplatte auf dem Tisch befestigt, an der der Graveur gerade arbeitete. Er hielt sein Handwerkszeug noch in der Hand.

»Guten Tag, Lacey. Woran arbeiten Sie?«

»An den neuen Fünfern. Wie ich höre, will Jeff jetzt viel

drucken. Und, wissen Sie, er hat Verstand. Andere arbeiten mit der fotografischen Platte. – Sie wissen, was das heißt? Nach hundert Scheinen wird der Druck schlecht, und bevor man weiß, woran man ist, gibt es ein Gerede. Aber Kupferstich bleibt Kupferstich. Ich habe von der neuen Methode nie etwas gehalten. Die ›Kasten‹ sind voll von Burschen, die glauben, mit einer Kamera und einer Zinkplatte Geld machen zu können.«

Es tat Emanuel immer wohl, Jeffreys Lob singen zu hören. Befriedigt betrachtete er die halbvollendete Platte durch seine dicken Brillengläser, und wenn er auch von der Gravierkunst nicht viel verstand, bewunderte er dennoch die feine, exakte Arbeit dieses erfahrenen Notenfälschers.

Links vom Tisch, in einer Nische in der Wand, befand sich eine Öffnung. Es war das Ende des Schachts, der ins Kellergeschoß hinunterführte. Lange bevor die Polizei ins Zimmer eindringen konnte, verschwanden die Beweisstücke im Schacht und wurden unten in der Glut des Ofens verzehrt.

»Das verringert das Risiko sozusagen auf ein Mindestmaß«, sagte Lacey voll Bewunderung. »Für Jeff zu arbeiten, ist ein Vergnügen, Mr. Legge. Er überläßt nichts dem Zufall.«

»Pietro ist doch immer auf seinem Posten?«

»Sehen Sie!« Mr. Lacey nahm eine Platte vom Tisch. »Die hab' ich heute früh verdorben.« Er trat an die Öffnung heran und streckte eine Hand hinein. Offenbar drückte er auf eine Klingel, denn ein schwaches Signal ertönte. Darauf ließ er die Platte in die Öffnung fallen. »Sie zerrinnt jetzt wie Wasser«, versicherte er. »Eine Panne ist ausgeschlossen, wenn Pietro seine Pflicht tut. Das ist Jeffrey! Großartig. Würden Sie glauben, Mr. Legge, daß ich bis auf den heutigen Tag nicht weiß, wo das Zeug gedruckt wird? Und ich wette, der Drucker hat nicht die leiseste Ahnung davon, wo die Platten hergestellt werden. Selbst in diesem Gebäude hat keiner eine Ahnung davon.«

Von Gefühlen des Vaterstolzes beflügelt kehrte Emanuel in sein Kontor zurück, verschloß sorgsam die Geheimtür und begab sich in die Klubräume hinaus, um nach Zimmer 13 zu sehen. Der Tisch war bereits gedeckt, in der Mitte stand eine große Vase mit herrlichen Rosen. Selten schöne Gläser, wie sie gewöhnliche Klubbesucher nie gesehen hatten, funkelten vor jedem Teller.

Emanuel unterzog das Zimmer einer kurzen Musterung und suchte danach Stevens, den Portier, auf.

»Warum soll man allen Mitgliedern sagen, daß sämtliche Zimmer heute abend besetzt sind?« fragte Stevens. »Ich habe eben Lew Brady fortschicken müssen, und der zahlt gut.«

»Wir haben eine Gesellschaft, Stevens«, erläuterte Legge geduldig, »und wollen nicht gestört sein. Jonny Gray kommt. Du brauchst keine solche Miene aufzusetzen. Wenn ich glauben würde, daß du es mit ihm hältst, säßest du nicht mehr in diesem Klub. Peter Kane kommt auch.«

»Sieht mir nach Überfall aus«, murmelte Stevens. »Was soll ich tun?« fragte er. »Beim ersten Schrei die Polizei rufen?«

»Ruf Mr. Smith aus Toronto!« bemerkte Emanuel bissig und ging nach Hause, um sich umzukleiden.

21

Jonny kam als erster. Stevens half ihm, den Regenmantel auszuziehen. Dabei fragte er ihn leise über die Schulter:

»Den Revolver eingesteckt, Captain?«

»Trage nie einen bei mir, Stevens. Es ist nicht gut, sich das anzugewöhnen.«

»Ich hätte nie gedacht, daß Sie ein Dummkopf sind«, erwiderte Stevens ebenso leise wie zuvor.

Jonny zog sich vor dem Spiegel die Krawatte zurecht.

»Jeder, der im Gefängnis war, gehört sozusagen ex officio dem Orden der Dummköpfe an. – Was gibt es?«

»Ich weiß nicht.« Der Portier bückte sich und wischte flüchtig über Grays Schuhe. »Auf Zimmer dreizehn spielen sich seltsame Dinge ab. Setzen Sie sich nicht mit dem Rücken zum Büfett. Verstehen Sie?«

Jonny hatte schon den Seitengang erreicht, als er den Aufzug heraufkommen hörte und stehenblieb. Es war Peter Kane, dem er sofort leise den Rat des Portiers weitergab.

Wie vorausgesehen, warteten die Gastgeber im Zimmer dreizehn auf ihre Gäste. Das Schweigen, das auf ihre Ankunft folgte, war peinlich.

»Sehr erfreut, dich zu sehen, Peter«, begann endlich Emanuel, ohne einen Versuch zu machen, ihm die Hand zu drücken. »Alte Freunde sollten ihre Bekanntschaft nicht erkalten lassen. Hier ist mein Sohn Jeffrey. Du hast ihn wohl kennengelernt?«

»Ich hab' ihn kennengelernt«, sagte Peter mit steinernem Gesicht.

Jeffrey hatte sich offenbar von dem unliebsamen Zwischenfall völlig erholt.

Der alte Legge rückte die Stühle zurecht.

»Bitte Platz zu nehmen – du sitzt hier, Jonny . . .«

»Ich sehe lieber aufs Büfett. Es macht mir Spaß, mich selbst essen zu sehen.« Und Jonny nahm, ohne eine Aufforderung abzuwarten, den Platz ein, den er gewählt hatte.

Peter setzte sich sofort an seine linke Seite, und Emanuel, den dieser vorläufige Umsturz seiner Pläne ein wenig aus der Fassung brachte, mußte sich selbst mit dem Rücken zum Büfett setzen. Jonny bemerkte, wie Vater und Sohn einen schnellen Blick miteinander wechselten.

Neben dem Büfett hing ein langer, blauer Vorhang, hinter dem sich vermutlich die nach Nummer zwölf führende Tür verbarg. Peter, der den Klub besser kannte, wußte, daß Nummer zwölf ein Salon war, und daß beide Räume zusammen das begehrteste Apartment bildeten, das der Klub zu vergeben hatte.

»Nun, Kinder«, ließ sich Emanuel mit gemachter Heiterkeit vernehmen, »es soll hier weder Zank noch Streit geben. Wir sitzen an einer frohen Tafel beisammen und haben nichts anderes zu tun, als ein Mittel zu finden, das den guten Namen meines Sohnes unbefleckt läßt, wenn ich mich so ausdrücken darf.«

»Du kannst dich ausdrücken, wie du willst«, bemerkte Peter. »Es wird mehr als ein Dinner kosten, um seinen kompromittierten Ruf wiederherzustellen.«

»Was für lange Worte du gebrauchst, Peter!« staunte der alte Legge. »So was lernt man drüben, ›jenseits der Alpen‹, nicht.«

Jetzt mischte sich Jeffrey ins Gespräch.

»Ich will über diese Sache nicht viele Worte verlieren, Peter Kane. Ich lege meine Karten offen auf den Tisch. Ich will meine Frau haben.«

»Du weißt besser als ich, wo Lila zu finden ist«, sagte Peter. »Sie steht nicht mehr in meinen Diensten.«

»Ich rede nicht von Lila!« fuhr Jeffrey auf. »Wenn du auf diesen Gegenstand kommst, wirst du sofort schwachsinnig. Ich habe Lila allerdings geheiratet, aber sie war schon vorher verheiratet, das kann ich beweisen.«

Hier stockte die Unterhaltung, denn der Kellner brachte die Suppe herein.

»Was für einen Wein wünschen Sie, Sir?«

»Den gleichen wie Mr. Emanuel«, sagte Peter Kane.

Emanuel Legge kicherte.

»Du glaubst wohl, daß ich dir eins versetzen will? Was für ein mißtrauischer alter Knabe du bist!«

»Wasser«, befahl Jonny leise, als der Kellner zu ihm trat.

»Auf dem Wasserwege, Jonny? Das ist recht. Ein junger Mann in deiner Stellung muß seine fünf Sinne beisammenhalten. Ich möchte Sekt trinken, Fernando, und ebenso Major Floyd. Nichts stärkt einem den Mut so wie Champagner.«

Peter paßte scharf auf, als der Wein sich schäumend und sprudelnd in die hohen Gläser ergoß.

»Das genügt, Fernando.« Emanuel hob die Hand.

Als die Tür sich hinter dem Kellner schloß, hörte Jonny deutlich, wie auch das Schloß einschnappte.

»Du schließt uns ein?« fragte er amüsiert.

Legge zog die Augenbrauen hoch.

»Euch einschließen? Du bist wohl nicht ganz bei Trost? Glaubst du etwa, ich wäre besorgt, euch zu verlieren?«

Jonny nahm einen Schluck Wasser aus dem Glas und sah dabei dem Alten scharf ins Gesicht. Was befand sich hinter dem Büfett? Dieser Gedanke machte ihm Kopfzerbrechen. Es war ein gewöhnliches Möbelstück, Mahagoni, massiv, ein wenig schmal. Den ganzen unteren Teil nahm eine Doppeltür ein. War es Einbildung? Er glaubte zu sehen, wie der eine Türflügel sich leicht bewegte.

Emanuel bestritt fast die ganze Unterhaltung.

»Jemals früher im Kasten gewesen, Jonny? Ich weiß natürlich, daß du drei Jahre gekriegt hast, aber war es deine erste Verurteilung?«

»Es war meine erste.«

Der Alte zupfte am Kinn und sah zur Decke hinauf.

»Warst du je in Keytown?« fragte er. »Dich brauch' ich nicht erst zu fragen, Peter. Ich weiß, daß du nie in Keytown gewesen bist.«

»Wir haben anderes zu reden«, wehrte Peter Kane ungeduldig ab. »Ich glaube kein Wort von der Geschichte, daß Lila vorher verheiratet war, wie dein Sohn behauptet. Jedesmal, wenn wir von dieser Sache sprachen, habt ihr mich glatt belogen. Ich will dir einen Wink geben, Emanuel. Du hast dich wie ein Schwein benommen und warst dem Tode näher, als du ahntest. Wenn euer Plan gelungen wäre, hätte ich dich ...«

Emanuel lachte spöttisch.

»Peter wird auf seine alten Tage ein Revolverheld. Nach all den Lehren, die du mir gegeben hast! Du erstaunst mich sehr, Peter! Jetzt will ich dir sagen, was ich vorhabe.« Er stützte die Ellbogen auf den Tisch, beugte sich vor und starrte durch die scharfen, dicken Brillengläser auf sein Gegenüber. »Nach meiner Rechnung schuldest du mir vierzigtausend Pfund. Ich bin darauf gefaßt, daß ich sie mir nicht ohne Kampf verschaffen kann. Zahle das Geld freiwillig, und ich mache der Frau meines Sohnes keine Schwierigkeiten.«

»Laß das aus dem Spiel!« unterbrach Jeffrey seinen Vater heftig. »Ich lasse mir Marney für kein Geld nehmen. Laßt euch das gesagt sein.« Seine Hand fiel krachend auf den Tisch. »Sie gehört mir, und ich will sie haben. Ja, ich werde sie mir sogar holen!«

Jonny rückte ein wenig vom Tisch ab und faltete die Arme auf der Brust. Seine rechte Hand langte nach dem Revolver, den er unter der Achselhöhle trug. Es war ein kleiner Browning, seine Lieblingswaffe in kritischen Momenten dieser Art. Der eine Flügel am Büfett hatte sich nämlich wieder bewegt, und er wußte genau, daß die Zimmertür abgeschlossen war. Das ganze

Gerede von Marney war nur ein Vorwand gewesen, um ihre Aufmerksamkeit abzulenken.

Schon längst hätten die Teller weggeräumt und der nächste Gang erscheinen müssen. Aber bei diesem Dinner sollte es keinen zweiten Gang geben.

Emanuel wies seinen Sohn in vorwurfsvollem Ton zurecht:

»Jeffrey, mein Junge, du mußt die Sache nicht verderben. Es ist wirklich . . .«

In diesem Augenblick gingen alle Lampen im Zimmer aus. Im Nu war Jonny auf den Beinen, lehnte sich mit dem Rücken an die Wand und fuhr bei ausgestrecktem Arm mit dem Revolver hin und her.

»Was ist los?« rief jetzt Peter Kane. »Wenn ihr ein Spiel beginnt, gibt es im Ernst gleich einen Toten!«

»Ich weiß nicht«, hörte man Emanuel von seinem Platz aus sagen. »Jeff, klingle!«

Es war noch jemand im Zimmer, instinktiv spürte es Jonny. Irgend jemand kam auf ihn zu. Er hielt weiterhin die Hand ausgestreckt, bereit, im Augenblick, wenn sie berührt würde, abzudrücken. Er wartete. Es vergingen noch fünf Sekunden – zehn Sekunden, dann leuchteten die Lampen wieder auf.

Peter stand auch mit dem Rücken an die Wand gelehnt, einen Revolver in der Hand. Jeffrey und sein Vater saßen nebeneinander auf den gleichen Plätzen wie vorher, als das Licht ausging. Keine fünfte Person war im Zimmer.

»Was soll das heißen?« fragte Peter voll Mißtrauen.

»Was für eine Frage, lieber Peter! Du wirst mich doch nicht für jeden Stromausfall verantwortlich machen wollen? Ich bin kein Elektriker. Doch seht mir diese Metallwaren an! Es ist gefährlich, Revolver bei sich zu tragen. Seltsam, daß ich dir das sagen muß, Peter! Bei Jonny erstaunt mich nichts, der mag seinen Grund haben. Setzt euch, wir wollen weiterreden.«

»Ich rede weiter, wenn die Tür geöffnet wird«, erklärte Jonny ruhig, »und unter der gleichen Bedingung stecke ich auch meinen Revolver ein.«

Mit drei Schritten war Emanuel an der Tür. Ein Ruck – sie flog auf.

»Die Tür soll offenbleiben, wenn du Angst hast«, sagte er verächtlich. »Der Aufenthalt im Kasten muß dich so ängstlich gemacht haben. Na, mir ging es erst ebenso.«

Jonny hatte, bevor die Tür aufsprang, wiederum ein Schloß schnappen gehört. Er war überzeugt, daß jemand draußen Posten stand und auf Legges Signale reagierte.

Peter Kane schlürfte seinen Champagner. Ob er das Geräusch gleichfalls gehört hatte? Jonny nahm es an. Das Verlöschen der Lampen war kein Zufall gewesen. Auf ein geheimes Zeichen war der Hauptschalter ausgedreht worden. Die Türflügel am Büfett standen jetzt still. Als Jonny den Kopf drehte, sah er, daß Jeffrey ihn fixierte. Worauf wartete er?

Was es auch sein mochte, die Entscheidung war nahe.

»Ich wundere mich, Gray«, sprach ihn Jeff langsam an, »daß Sie es nie mit Blüten versucht haben. Es ist ein guter Beruf, und Sie können dabei mehr Geld verdienen, als Sie es sich beim Zurechtstutzen von Rennpferden je träumen ließen.«

»Vielleicht könnten Sie mir sagen, wie man in diesen interessanten Beruf hineinkommt?«

»Soll ich es Ihnen schriftlich geben? Es ist dann leichter, darüber zu pfeifen. Oder ich zeige Ihnen, wie's gemacht wird.«

»Ich kann nicht sagen, daß ich ein besonderes Interesse dafür habe, aber ich bin sicher, daß mein Freund, Mr. Reeder . . .«

»Ihr Freund, Mr. Reeder!« wiederholte der junge Legge höhnisch. »Das ist wohl ein Gesinnungsgenosse von Ihnen? Trotzdem – wie wär's mit einer Einführung?«

Jeff erhob sich und ging zum Büfett. Er bückte sich und mußte irgendeinen Mechanismus berührt haben, denn die ganze Fassade des Büfetts drehte sich automatisch auf einer unsichtbaren Achse zurück. Zum Vorschein kam eine komplizierte Maschine, in der Jonny sofort eine der kleinen Druckpressen erkannte, wie sie Banknotendrucker verwenden, wenn eine beschränkte Serie meist hochwertiger Noten hergestellt werden soll.

Die beispiellose Kühnheit, mit der Jeff sein Geheimnis enthüllte, benahm Gray einen Augenblick den Atem.

»Man könnte das Büfett in Stücke schlagen«, prahlte Jeff, »und würde doch nichts finden.«

Er drückte auf einen Knopf. Sofort begann sich ein großes Rad zu drehen, verschiedene Platten und Zylinder gerieten in Bewegung. Das dauerte einige Minuten, dann unterbrach Jeff den Strom und berührte den verborgenen Mechanismus. Vor den Augen der beiden Besucher verschwand die Maschine, und die Büfettfront schob sich wieder davor.

Emanuel warf seinem Sohn einen anerkennenden Blick zu.

»Nun, hört«, begann er in geschäftlichem Ton, »ich möchte euch etwas sagen, das für euch beide von großem Nutzen sein kann. Wir wollen dabei das Mädchen vorerst aus dem Spiel lassen.«

Jonny hob, immer noch wachsam und mißtrauisch, sein mit Wasser gefülltes Glas und tat einen langen Zug.

»Die Sache ist die . . .«, hörte er Emanuel sagen.

Kaum war die Flüssigkeit in seine Kehle gedrungen, versuchte er sie wieder auszuspeien. Vergeblich. Er spürte einen scharfen, herben Geschmack auf der Zunge, schleuderte das Glas auf den Boden und riß den Revolver, den er in die Rocktasche gesteckt hatte, heraus. Aber eine unwiderstehliche Schwere überwältigte ihn. Klirrend fiel die Waffe zu Boden.

Peter war aufgesprungen. Er starrte bald auf Jonny, bald auf die beiden Legges. Er fühlte sich seltsam schwach, wie gelähmt.

»Was habt ihr getan?«

Er wollte auf sie losstürzen, aber bevor er dazu kam, sprang ihn Emanuel wie eine Katze an. Er versuchte sich aufzufangen, da traf ihn ein furchtbarer Faustschlag mit voller Wucht ins Gesicht. Wie ein Klotz fiel er um.

»Jetzt hab' ich dich!« zischte Emanuel. »Du warst noch nie im Kasten? Jetzt sollst du was davon zu schmecken kriegen!«

Jeffrey bückte sich und riß die Flügeltür des Büfetts auf. Ein Mann kroch heraus. Es war Pietro, der zusammengekauert auf seinen Auftritt gewartet hatte. Vor Vergnügen über die ihm zugefallene Rolle grinste er über das ganze Gesicht. Emanuel klopfte ihm auf die Schulter.

»Braver Junge! Das rechte Zeug für den rechten Mann! – Ich wußte, daß dieser Gray den größten Widerstand leisten würde. Wenn ich deinen Rat, Jeff, befolgt und beiden einen

Knockout hätte versetzen müssen, läge jetzt nur einer am Boden. Der Schlaftrunk war sicherer.«

Der kleine, gedrungene Mischling mußte ungeheure Kräfte haben. Mühelos hob er Peter auf und trug ihn zu einem Lehnstuhl. Dann legte er Jonny aufs Sofa, zog eine Schachtel aus der Tasche und füllte eine Subkutanspritze aus einem Fläschchen. In Erwartung einer Instruktion drehte er den Kopf.

Jeffrey nickte, und die Nadel bohrte sich in das unempfindliche Fleisch. Pietro zog Grays Augenlid hoch und lachte.

»Wirst du sie über die Feuertreppe in den Hof hinunterbringen können?« fragte Emanuel besorgt. »Vor allem dieser Peter ist ein recht schwerer Bursche. Jeff, mein Junge, du wirst ihm helfen müssen. Der Wagen steht im Hof. Und vergiß nicht, Jeff, daß du um zwei Uhr eine Verabredung hast!«

Von neuem hob der Mischling Peter Kane auf, Jeffrey hielt die Tür und half ihm, den Bewußtlosen durchs Fenster auf die Eisentreppe hinauszubalancieren.

Ohne eine Spur von Ermüdung zu zeigen kam der Mischling nach einer Weile zurück und lud Jonny Gray auf den Rücken, trug auch ihn ohne Hilfe zum Wagen hinunter und warf ihn hinein.

Diesmal folgte ihm Jeffrey. Er trug einen Ledermantel und eine Chauffeurmütze, die er bis über die Augen zog. Sie schlossen beide Wagentüren, Pietro öffnete das Tor und warf einen Blick nach beiden Straßenseiten. Es waren nur wenig Menschen zu sehen. Der Wagen setzte sich in Bewegung und schoß mit großer Geschwindigkeit der Oxford Street zu.

Pietro versperrte das Tor, kletterte die Feuerleiter, immer zwei Stufen auf einmal nehmend, hinauf und erstattete dem alten Legge Bericht.

Emanuel nahm die Mäntel und Hüte seiner beiden Gäste, öffnete einen Wandschrank und warf sie hinein – sie verschwanden in der Tiefe.

»Geh hinunter und verbrenne sie«, befahl er lakonisch. »Du hast deine Sache gut gemacht, Pietro! Hier hast du fünfzig für heute abend.«

Emanuel beehrte ihn mit einem wohlwollenden Lächeln. Er

hob Jonnys Glas, das nicht zerbrochen war, vom Boden auf, nahm Peters Glas vom Tisch und warf beide den Kleidungsstükken nach. Befriedigt setzte sich Legge und zündete eine lange, dünne Zigarre an. Das Werk dieser Nacht war für ihn noch nicht zu Ende.

Aus einem Wandschrank holte er einen Telefonapparat, der mit einer langen Schnur versehen war, stellte ihn vor sich auf den Tisch und wählte eine Nummer. Es war Marneys Stimme, die sich meldete.

»Bist du es, Marney?« fragte er mit leiser, geschickt verstellter Stimme, die sie täuschen mußte.

»Ja, Papa, geht alles gut? Ich bin so besorgt.«

»Alles in Ordnung, Liebling. Jonny und ich haben eine interessante Entdeckung gemacht. Sag Barney, daß er zu Bett gehen soll. Willst du auf mich warten, mir die Tür aufmachen –?«

»Kommt Jonny mit dir zurück?«

»Nein, nein, mein Schatz, ich komme allein.«

»Bist du sicher, daß alles in Ordnung ist?« fragte sie mit ängstlicher Stimme.

»Sei ganz ruhig, Liebling, um zwei Uhr bin ich bei dir. Wenn du den Wagen hörst, komm heraus. Ich muß noch ... Ich werde dir alles erklären.«

»Aber ...«

»Mach es bitte so, wie ich sage, Liebling«, flüsterte er und legte auf, bevor sie etwas erwidern konnte.

Ob Jeff es schaffen würde? Er wäre gern selbst hingefahren, aber er konnte nicht Auto fahren, und einen Fahrer, dem zu trauen war, kannte er im Augenblick nicht. Er nahm einen Bleistift und rechnete die Zeiten nach, die Jeff benötigte – ja, es müßte genügen. Befriedigt schenkte er sich ein Glas Champagner ein, als es leise an die Tür klopfte. Überrascht blickte er auf. Dem Portier hatte er doch befohlen, sich unter keinen Umständen dem Zimmer 13 zu nähern noch jemand in den Gang zu lassen.

Es klopfte wieder.

»Herein!«

22

Die Tür ging auf. Im Eingang stand ein Mann, der einen abgetragenen Frack anhatte. Die Krawatte war ungeschickt gebunden, das weiße Vorhemd verrutscht.

»Störe ich Ihre kleine Gesellschaft?« fragte er schüchtern.

Emanuel sagte nichts. Lange saß er da und starrte auf die seltsame Erscheinung. Als ahnte er nichts von dem Erstaunen und dem Schreck, die er hervorrief, versuchte der Eindringling dauernd, seine abgenutzten Manschetten, die fast bis zu den Fingerknöcheln reichten, zurechtzurücken.

Endlich riß sich Emanuel Legge zusammen.

»Kommen Sie herein, Mr. Reeder!«

Unter vielen Entschuldigungen schloß Mr. Reeder die Tür und kam näher.

»Ganz allein, Mr. Legge?« fragte er. »Ich dachte, Sie hätten Gesellschaft?«

»Es waren einige Freunde da, aber sie sind fort.«

»Ihr Sohn ist auch fort?« Reeder starrte mit einem hilflosen Ausdruck von einer Ecke des Zimmers in die andere. »Ach Gott, ist das eine Enttäuschung! Eine schwere Enttäuschung!«

Emanuel überlegte rasch. Wahrscheinlich hatte der schäbige Geheimagent die Vorderseite des Hauses überwacht und mußte wissen, daß sie dort nicht hinausgegangen waren. Deshalb entschloß er sich, das Verfahren abzukürzen.

»Sie sind vor einer Viertelstunde weggegangen. Peter und Jonny stiegen die Notleiter hinunter – im Hof stand der Wagen meines Sohnes. Vor dem Klub dürfen nämlich keine Autos stehen.«

»Ach ja, das Auto – richtig! Ich sah es wegfahren und fragte mich, was eigentlich damit los wäre. Nummer XC 9712, eine blaue Daimlerlimousine – ich kann mich irren, aber es schien mir ein Daimler zu sein. Ich weiß so wenig von Autos, daß ich mich leicht täuschen kann, und meine Augen sind auch nicht mehr so gut wie früher.«

Legge verfluchte ihn im stillen. »Ja, es war ein Daimler«, sagte er, »wir haben ihn billig gekauft, auf einer Auktion.«

Zerstreut musterte der Besucher den Tisch.

»Sie haben ihre Weingläser mitgenommen?« fragte er sanft. »Es ist wirklich eine hübsche Sitte, Andenken an einen großen Tag mitzunehmen. Sie haben sich gewiß sehr wohl gefühlt?«

Wie war er hereingekommen? fragte sich Emanuel. Stevens hätte ihn nicht durchgelassen, und am Ende des L-förmigen Ganges stand Fernando.

Als hätte er Legges Gedanken erraten, klärte Mr. Reeder das Rätsel auf.

»Ich habe mir die Freiheit genommen, ebenfalls über die Leiter heraufzukommen. Es war ein interessanter Versuch. Man ist ja ein wenig alt, um Versuche anzustellen, und ich habe eigentlich keine Vorliebe fürs Klettern, am wenigsten nachts.« Er sah betreten an sich hinab.

Emanuel folgte dem Blick und bemerkte in der Frackhose ein kleines, viereckiges Loch, durch das ein knochiges, weißes Knie hervorsah.

»Ja, ich bin die Feuerleiter heraufgekommen. Glücklicherweise fand ich das Fenster offen. Ich dachte, ich würde Ihnen eine angenehme Überraschung bereiten. Übrigens, die Leiter führt doch noch höher hinauf, nicht nur bis zu diesem Stock? Bis zum Dach, nehme ich an. Ist das nicht gefährlich, Mr. Legge? Es könnte jemand auf die Idee kommen, bei Feuergefahr aufs Dach zu flüchten. Wenn ich mich recht entsinne, befindet sich auf dem Dach nur ein viereckiger Oberbau – ein Lagerraum, nicht wahr? Lassen Sie mich einen Moment nachdenken! Ja, ich weiß genau, es ist ein Lagerraum.«

»Ich hatte nämlich zwei alte Bekannte hier«, unterbrach Emanuel den Monolog seines Besuchers. »Jonny Gray und Peter Kane – Sie kennen doch Peter? Eben. Und sie waren ein wenig angeheitert. Jonny ist wohl nicht mehr gewöhnt, Wein zu trinken, und Peter ist jahrelang Abstinenzler gewesen.« Er machte eine Pause. »Sie waren wirklich recht betrunken.«

Mr. Reeder schüttelte den Kopf.

»Das ist bedauerlich. Ich, für meine Person, bin Anhänger des Alkoholverbots. Ich würde jeden Alkohol verbieten und Gauner, Fälscher, Flunkerer, Giftmischer festnehmen lassen –.« Bei letzterer Bezeichnung hielt er inne. »Oder wie soll man Menschen bezeichnen, die andere mit einem Schlafmittel betäuben?« Wieder schaute er melancholisch auf den Tisch. »Und sie haben ihre Gläser mitgenommen, nicht? Ich hoffe, sie werden sie zurückbringen. Der Gedanke wäre mir peinlich, daß so sympathische Leute sich etwas so Anstößiges zuschulden kommen lassen wie – hm, Weingläser zu stehlen. Und es hat nur Suppe gegeben! Es ist höchst ungewöhnlich, daß man sich betrinkt, bevor man noch die Suppe aufgegessen hat, nicht? – Ich meine, jedenfalls in achtbaren Kreisen«, fügte er wie zur Entschuldigung hinzu und warf einen Blick nach der offenen Tür. »Ich frage mich ernstlich, wie die beiden in einem solchen Zustand und bei dieser Dunkelheit die Feuerleiter hinuntergekommen sind?« Jetzt sah er Emanuel voll an. »Wenn Sie sie wiedersehen, Mr. Legge, sagen Sie ihnen, daß ich beide, Mr. Kane und Mr. Jonny ... Wie war doch sein Name? – Ja, richtig, Gray! Sagen Sie ihnen also, daß ich sie erwarte. Wir haben eine Verabredung für morgen früh! Und daß ich, wenn sie um zehn nicht in meiner Wohnung sind ...« Er zog die Lippen zusammen, als wollte er pfeifen. Emanuel fragte sich, was jetzt folgen würde, und blieb darüber nicht lange im Zweifel. »Haben Sie in Dartmoor sehr unter der Kälte gelitten, Mr. Legge? Man sagt mir, daß der Winter dort, besonders für Leute vorgerückten Alters, recht schwierig zu überstehen ist. Natürlich kann man selbst dort seine Freunde haben, sogar seine Verwandten. Es ist gewiß ein großer Trost, zu wissen, daß der eigene Sohn oder sonst ein naher Verwandter unter dem gleichen Dach wohnt, nicht wahr? Trotzdem lebt es sich viel angenehmer und bequemer in London, wenn man, wie zum Beispiel Sie, Mr. Legge, ein gemütliches, kleines Apartment in Bloomsbury hat und gehen kann, wohin es einem beliebt, ohne daß ein ›Schinder‹ folgt – Schinder ist wohl ein sehr vulgärer Ausdruck, aber er bedeutet Wärter, nicht wahr, Mr. Legge?«

Mr. Reeder wandte sich umständlich zum Gehen. An der Tür drehte er sich nochmals um.

»Nicht wahr, Sie vergessen nicht, daß ich Mr. Peter Kane und Mr. John Gray morgen um zehn bei mir in meiner Wohnung zu sehen hoffe? Vergessen Sie es nicht!«

Er schloß leise die Tür hinter sich, nahm seinen großen Regenschirm unter den Arm und schritt durch den Korridor, in dem Fernando Wache hielt.

»Guten Abend«, sagte Mr. Reeder beim Vorbeigehen.

Fernando war durch seinen Anblick so verblüfft, daß er kein höfliches Wort fand, um den Gruß zu erwidern.

Stevens sah ihn in den Hauptgang einbiegen. Mit offenem Mund starrte er ihm entgegen.

»Wann sind Sie hereingekommen, Mr. Reeder?«

»Keiner hat mich je kommen sehen, aber viele sehen mich weggehen«, scherzte Mr. Reeder. »Andererseits gibt es Leute, die man in diesen Klub hereinkommen, die aber keiner wieder hinausgehen sieht. Mr. Gray oder Mr. Kane sind doch nicht hier vorbeigekommen?«

»Nein, Sir«, sagte Stevens überrascht. »Sind sie fort?«

Reeder seufzte.

»Ja, sie sind fort. Ich hoffe zwar, nicht auf lange Zeit, aber sie sind ohne Zweifel fort. Gute Nacht, Stevens. Übrigens, Ihr Name ist doch nicht Stevens? Ich glaube, mich zu erinnern, daß Sie vor, sagen wir, acht Jahren, nicht Stevens hießen.«

Stevens wurde rot.

»Ich bin jetzt unter diesem Namen bekannt, Sir.«

»Ein guter Name, gewiß, ein vortrefflicher Name. Und schließlich müssen wir versuchen, das Vergangene gutzumachen. Ich bin der letzte, der Sie an Ihr – hm, Mißgeschick erinnern möchte.«

Er stieg in den Lift. Als er auf die Straße hinaustrat, kamen zwei Männer, die auf dem gegenüberliegenden Trottoir gewartet hatten, auf ihn zu.

»Sie sind fort«, sagte Mr. Reeder. »Sie waren in dem Auto, wie ich befürchtete. Alle Posten in der unmittelbaren Umgebung von London müssen benachrichtigt werden, damit der Wagen angehalten wird. Die Nummer ist Ihnen bekannt. Überwachen Sie das Haus«, befahl er dem einen Beamten. »Lassen Sie Emanuel Legge nicht aus den Augen. Folgen Sie ihm überallhin, wohin er auch geht.«

Der Beamte vom Geheimdienst, der die Überwachung übernahm, wartete bis drei Uhr morgens. Am Himmel wurde der erste Lichtschein des nahenden Tages sichtbar, aber Emanuel war noch nicht zum Vorschein gekommen. Stevens hatte das Haus eine halbe Stunde nach Mr. Reeders Weggang verlassen. Um zwei Uhr ging der Oberkellner Fernando mit drei anderen fort und schloß die Haustür ab. Wenige Minuten vor drei zeigte sich Pietros untersetzte Gestalt, in einen dicken Mantel gehüllt. Auch er schloß die Tür hinter sich ab und verschwand in Richtung Shaftesbury Avenue. Um halb vier überließ der Agent die Bewachung einem Polizisten und rief Mr. Reeder an.

»Nicht möglich!« sagte Mr. Reeder. »Noch nicht fort, sagen Sie? Ich komme gleich.«

23

Es war schon hell, als er ankam. Das Hoftor wurde mit einem Dietrich geöffnet, und er stieg – viel geschickter, als man es nach seiner gestrigen Schilderung hätte erwarten können – die Feuerleiter zum dritten Stock hinauf.

Das Fenster, durch das er am vergangenen Abend eingestiegen war, hatte man geschlossen, aber Mr. Reeder drückte es mit dem Geschick eines Berufseinbrechers auf und kletterte hinein. Völlig vertraut mit den Räumlichkeiten, ging er direkt auf das Kontor zu. Die Tür war erbrochen worden, so daß er keinen Dietrich brauchte.

Keine Spur von Emanuel Legge. Reeder trat in den Korridor zurück und nahm den Bericht des Agenten entgegen, der die Klubräume flüchtig durchsucht hatte.

»Alle Türen außer dreizehn sind offen, Sir. Die aber ist von innen verriegelt. Das Schloß habe ich schon geöffnet.«

»Kommen Sie«, sagte Reeder, »wir versuchen es mit zwölf. Von dort gibt es noch einen Zugang. Hinter dem Vorhang in der Ecke befindet sich eine Verbindungstür. Wir dürfen nichts zerstören, denn wir sind hier nur ganz indirekt zuständig.«

Die Verbindungstür in Nummer zwölf war unverschlossen. Sie betraten Zimmer dreizehn. Es war völlig dunkel.

»Hm –.« Mr. Reeder zog die Luft durch die Nase ein. »Vorsicht, gehen Sie diese Wand entlang bis zum Lichtschalter. Geben Sie acht, daß Sie nicht auf etwas treten.«

Der Beamte tappte sich vorwärts, bis er den Schalter berührte. Er drehte ihn herum.

Beide sahen zugleich, was Mr. Reeder vermutet hatte. Ein Körper lag reglos über den Tisch hingestreckt. Es war ein schrecklicher Anblick, denn Emanuel Legges Mörder hatte einen Feuerhaken benutzt, der beschmutzt und verbogen unter den Scherben des kostbaren Porzellans auf dem blutbefleckten Tischtuch lag.

Es war nicht nötig, den ärztlichen Befund abzuwarten. Emanuel Legge hatte seine Verbrecherlaufbahn auf Erden vollendet.

Woher kommt der Feuerhaken? fragte sich Mr. Reeder. Neben dem Kamin lagen Schüreisen, Schaufel und Zange unberührt an ihrem Platz.

Er durchsuchte die Taschen des Toten und fand in der Weste eine kleine Karte mit der Telefonnummer ›Horsham 98 753‹ – Peter Kanes Nummer. Das hatte im Augenblick keine Bedeutung, und er legte die Karte zu den anderen Papieren, die er gefunden hatte.

Ein Kriminalinspektor erschien, um die ersten Feststellungen zu machen.

»Es hat, wie ich glaube, einen Kampf gegeben«, teilte ihm Mr. Reeder mit. »Es wird sich wahrscheinlich herausstellen, daß das rechte Handgelenk gebrochen ist. Legges Revolver liegt unter dem Tisch. Vermutlich hat er ihn gezogen, und er ist ihm aus der Hand geschlagen worden. Ja – ich glaube nicht, daß Sie mich noch nötig haben, Inspektor?«

Als er durch den Hauptgang kam, brachte ihn die Telefonanlage hinter Stevens' Pult auf eine Idee. Er wählte die Nummer von Horsham und bekam, ungeachtet der frühen Morgenstunde, fast sogleich Antwort.

»Wer ist da?« fragte er.

»Ich bin Mr. Kanes Diener.«

»Ach, Barney! Ist Ihr Herr zu Hause?«

»Nein, Sir. Wer spricht dort?«

»Hier Reeder – wollen Sie Miss Kane bitten, ans Telefon zu kommen?«

»Sie ist auch nicht hier. Ich habe die ganze Nacht versucht, mit Mr. Gray zu sprechen, aber sein Diener sagt, er sei nicht zu Hause.«

»Wo ist Miss Kane?« fragte Reeder.

»Ich weiß es nicht, Sir. Irgend jemand hat sie in der Nacht im Auto abgeholt. Sie fuhr weg und ließ die Tür offen. Ich bin aufgewacht, als der Wind die Tür zuschlug.«

Mr. Reeder zögerte so lange mit der Antwort, daß Barney schon annahm, er hätte aufgehängt.

»Hat sie jemand im Lauf des Abends besucht? Oder ist sie angerufen worden?«

»Ja, Sir, sie wurde gegen zehn Uhr angerufen. Nach dem, was sie mir sagte, war es ihr Vater.«

Wieder folgte ein langes Schweigen.

»Ich komme gleich nach Horsham –.«

Das klang sehr beruhigend, und Barney faßte neuen Mut. Da er Mr. Reeder nicht näher kannte, wußte er nicht, daß er gerade dann am ruhigsten wirkte, wenn er sehr erregt war.

Sie hatten sich also des Mädchens bemächtigt. Eine andere Erklärung gab es nicht. Und die Männer, die Marney hätten schützen können, waren verschleppt worden. Zu diesem Zweck war das Dinner veranstaltet worden.

Reeder begab sich nochmals in Legges Kontor, das ein Polizeibeamter durchsuchte. Die Ausbeute war spärlich.

»Ich fürchte, Mr. Reeder, wir werden hier nicht viel finden. Bis jetzt bin ich nur auf alte Rechnungen und Papiere gestoßen, wie man sie in jedem Büro antrifft. Ich kann mir auch nicht vorstellen, daß Legge etwas Belastendes im Klub aufbewahrt hat. Außerdem hat sein Sohn jahrelang den Betrieb verwaltet. Vor ihm hatten sie einen, der jetzt im Gefängnis sitzt. Ja, natürlich, und noch früher war mal, wenn ich mich recht entsinne, dieser Fenner Geschäftsführer, der dann wegen Einbruchdiebstahls ins Zuchthaus kam.«

»Fenner?« fragte Mr. Reeder. »Ich wußte nicht, daß er je diesen Klub . . .«

»Ich glaube, er bekam Streit mit dem alten Legge.«

Reeder half dem Beamten, die Papiere aus dem Gestell mit den vielen Fächern herauszunehmen. In einem davon stieß seine Hand an einen Griff.

»Nanu, was ist das?« Er drehte den Griff herum.

Das ganze Gestell setzte sich langsam in Bewegung, und die Wendeltreppe kam zum Vorschein.

»Höchst interessant«, murmelte er und stieg sogleich bis zum obersten Absatz hinauf. Die Tür mit dem Guckloch widerstand jedoch allen Anstrengungen, sie einzudrücken.

Reeder kam zurück, rief nach dem Kriminalinspektor und begab sich mit ihm zusammen in den Keller hinunter. Heiße Luft schlug ihnen entgegen, als sie die Tür öffneten.

»Recht heiß«, sagte Mr. Reeder und suchte nach dem Lichtschalter. Endlich fand er ihn.

Neben dem glühenden Ofen sah er ein glänzendes Metallstück liegen. Er hob es auf und erkannte eine druckfertige Kupferplatte, mit der Fünfpfundnoten hergestellt werden konnten.

»Diese Platte muß irgendwo oben gestochen worden sein. Natürlich!« Er zeigte auf den Luftschacht. »Da wird sie bei einer unerwarteten Durchsuchung hineingeworfen und hier im Ofen vernichtet. Warum sie jedoch zu einer Zeit hineingeworfen wurde, als gar niemand den Ofen bediente, ist mir unbegreiflich. Es sei denn ... Wir müssen eine Axt beschaffen und den Dachraum öffnen.«

Der oberste Absatz war zu schmal um mit der Axt richtig ausholen zu können. Es dauerte geraume Zeit, bis die Tür, die ins Zimmer des Graveurs führte, aufgesprengt war. Der Vorhang war nicht gezogen worden, die Sonne schien hell durch das vergitterte Fenster. Ein rascher Blick auf den Tisch und darüber hinweg – an der Wand lag, zerzaust und schmutzig, mit zerdrücktem Frackhemd, in tiefem Schlaf – Peter Kane!

Sie schleppten ihn auf einen Stuhl, benetzten sein Gesicht mit kaltem Wasser, aber es dauerte ziemlich lange, bis er zu sich kam.

»Er ist betäubt worden, das ist klar«, sagte Mr. Reeder und suchte an den schmutzigen Händen vergeblich nach irgendwelchen Blutflecken. Die ersten Worte, die Peter Kane hervorstieß, als er zu sich kam, bestärkten Reeder in der Meinung, daß er von dem Mord nichts wußte.

»Wo ist Emanuel?« fragte er, noch halb betäubt. »Haben Sie ihn erwischt?«

»Nein, aber irgend jemand hat ihn erwischt.«

Diese Nachricht machte Kane vollends wach.

»Ermordet?« rief er ungläubig. »Sind Sie sicher? Entschuldigen Sie, daß ich Ihnen eine solche Frage stelle.« Er strich sich über die Stirn. »Nein, ich weiß nichts davon. Sie haben mich gewiß im Verdacht, und ich mache auch gar kein Hehl daraus, daß ich ihn umbringen wollte, doch ich habe ihn nicht gefunden.« Er erzählte kurz, was beim Dinner vorgefallen war. »Ich wußte, daß man mir ein Betäubungsmittel gegeben hatte, aber alle Schlafmittel haben eine langsame Wirkung auf mich. Meine einzige Rettung war, mich tot zu stellen. Emanuel versetzte mir einen Schlag gegen das Kinn – das war ein Grund, hinzufallen. Der schwarze Kerl brachte mich in den Hof hinunter und legte mich in den Wagen. Sobald er wieder nach oben kletterte, um Jonny zu holen, schlüpfte ich auf der anderen Seite hinaus. Da lehnten einige Zementsäcke an der Hauswand. Ich warf einen davon auf den Boden des Wagens, in der Hoffnung, daß sie ihn in der Dunkelheit für mich halten würden. Darauf versteckte ich mich und wartete. Bald brachten sie Jonny herunter, aber ich war außerstande, ihm zu helfen. Als der Wagen fort und Pietro hinaufgestiegen war, folgte ich ihm nach einer Weile. Das Schlafmittel begann nun wohl stark zu wirken, denn wenn ich nur einigermaßen bei Sinnen gewesen wäre, hätte ich mich aus dem Hof davongemacht. Mein einziger Gedanke jedoch war, daß sie meinen Revolver genommen und wahrscheinlich im Zimmer gelassen hatten. Ich versuchte, die Tür zu öffnen, aber sie war verschlossen.«

»Sind Sie ganz sicher?«

»Absolut sicher.«

»Wieviel Zeit war inzwischen vergangen?«

»Etwa eine halbe Stunde. Ich brauchte sehr lange, um die Leiter hinaufzusteigen, weil ich die ganze Zeit gegen die Betäubung ankämpfen mußte. Ich hörte Schritte und schlich mich in ein anderes Zimmer. Schließlich vernahm ich noch, wie das Fenster geschlossen wurde. Aus Furcht, entdeckt zu werden, kämpfte ich ständig gegen den Schlaf. Aber ich muß dann doch eingeschlafen sein. Als ich aufwachte, war es kalt und finster, ich hörte keine Geräusche mehr. Ich versuchte noch einmal, die Tür von Nr. 13 zu öffnen, was mir nicht gelang. Deshalb ging ich in Legges Kontor. Ich kenne die Räumlichkeiten genau – in alter Zeit, bevor Emanuel ins Zuchthaus kam, ging ich hier ein und aus. Ich kannte auch das Geheimnis der Wendeltreppe, die zum Dach hinaufführte. Ich vermutete immer, daß in dem Oberbau, den sie aufs Dach setzten, die Blüten gedruckt würden. Darin täuschte ich mich, wie ich heute nacht feststellte. Es war die Werkstatt des Kupferstechers. Neben einer Schachtöffnung lag eine Platte am Boden. Ich muß noch sehr unsicher gewesen sein, denn ich stieß versehentlich daran. Sie fiel in die Öffnung, und ich hörte sie in der Tiefe aufschlagen.«

»Wie sind Sie in dieses Zimmer gekommen?«

»Die Tür stand offen, so erstaunlich es klingt, aber ich nehme an, es ist eine von den Türen, die nur von innen geöffnet und geschlossen werden können, und zugleich ist die Wendeltreppe der einzige Zugang. Was danach geschah, weiß ich nicht. Ich muß mich dort, wo Sie mich gefunden haben, hingelegt haben, denn die Wirkung des Mittels war noch immer recht stark. So – und nun möchte ich Marney wissen lassen, daß ich wohlauf bin. Sie wird sich Sorgen machen.«

Der Ausdruck, der in Reeders Gesicht trat, nahm ihm jede Zuversicht.

»Marney! Ist Marney etwas zugestoßen?« fragte er bestürzt.

»Ich weiß es nicht. Sie ist in der Nacht, oder richtiger frühmorgens, abgeholt – und seitdem nicht gesehen worden.« Der Schock, den diese Nachricht bei Peter auslöste, veranlaßte Mr. Reeder, ihm eindringlich zuzureden. »Sie müssen mir jetzt alles sagen, Mr. Kane, was Sie über Legge wissen. Ich zweifle nicht daran, daß Jeffrey sie an den Ort entführt hat, wo sich die große Druckerei befindet. Wo ist sie?«

»Ich habe keine Ahnung. Früher wurden die Blüten in diesem Hause gedruckt, in Zimmer dreizehn. Das wußte ich schon lange. Aber als das Geschäft sich vergrößerte, mußte der junge Legge sich nach andern Räumen umsehen. Wo er sie gefunden hat, ist mir und wohl den meisten Leuten ein Geheimnis.«

»Aber Sie haben Gerüchte gehört?« fragte Reeder.

»Vergessen Sie nicht, daß ich kaum noch mit Leuten meiner früheren Profession verkehre. Jonny und der alte Barney sind, abgesehen von den Legges, die einzigen, die ich noch kenne. Und Stevens natürlich – der saß ja vor zehn Jahren. Mit allen anderen habe ich jeden Kontakt verloren, und was ich weiß, erfahre ich durch Barney, obgleich man sich auf sein Geschwätz nicht verlassen kann.«

Sie telefonierten nochmals mit Barney, aber er konnte keine Auskunft geben, die von Nutzen gewesen wäre. Er wußte nur, daß sich die Druckerei, wie man annahm, irgendwo im Westen des Landes befand.

»Jonny weiß mehr darüber als ich oder irgendein anderer«, sagte Barney. »Darüber sind sich alle einig. Man hat ihm im Kasten sehr viel erzählt.«

Mr. Reeder verließ Peter Kane, um nach Hause zu fahren. Unterwegs begab er sich in Jonnys Wohnung. Parker war schon auf. Frühmorgens war ihm mitgeteilt worden, daß sein Herr spurlos verschwunden sei. Eine vernünftige Erklärung vermochte auch er dafür nicht zu geben.

Er wollte gerade sämtliche Kleidungsstücke aufzählen, die Jonny gestern abend angezogen hatte, aber Reeder schnitt ihm ungeduldig das Wort ab.

»Versuchen Sie einmal, sich Mr. Gray als menschliches Wesen und nicht als Schneiderpuppe vorzustellen! Ist Ihnen klar, daß er sich in großer Lebensgefahr befindet?«

»Ich bin gar nicht um ihn besorgt, Sir«, erwiderte der pedantische Parker. »Mr. Gray hat seine neuen Sockenhalter an.«

Diesmal verlor Mr. Reeder seine Ruhe.

»Sie sind ein verdammter Narr, Parker!« rief er wütend.

»Ich hoffe nicht, Sir.« Parker verbeugte sich. Was es mit den neuen Sockenhaltern auf sich hatte, verschwieg er.

24

In der Nacht, fünf Minuten nach zwei, hörte Marney das Auto vor dem Haus halten. Sie machte in der Vorhalle Licht, öffnete die Tür und lief hinaus.

Der Handstreich gelang.

Der Wagen sauste durch Dörfer hindurch und verlangsamte das Tempo nur in den Straßen kleiner Städte ein wenig. Etwa um drei Uhr durchquerten sie Oxford und fuhren auf der großen Straße nach Westen weiter.

Später bog Jeffrey Legge in eine Nebenstraße ein, der sie eine Viertelstunde lang folgten. Dann ging es einen beängstigend steilen Abhang hinunter. Durch die regennasse Windschutzscheibe erblickte Marney ein niedriges, dunkles Gebäude.

»Da sind wir«, sagte Jeff, als der Wagen hielt. »Du bist wohl noch nie in einem richtigen Kasten gewesen, Liebling? Nun gut, diese Erfahrung steht dir jetzt bevor. Auch für Peter ist das neu. Nur der süße, kleine Jonny hat schon ein wenig Übung darin.«

Sprachlos vor Schreck sah sie, daß sie sich tatsächlich vor dem Eingang eines Gefängnisses befanden. Die schwarzen, eisenbeschlagenen Torflügel öffneten sich, der Wagen fuhr durch einen überwölbten Torweg in den Hof hinein.

»Steig aus!« befahl Jeff.

Er stieß sie durch eine schmale Tür ins Gebäude. Die gekalkten Wände im Innern waren fleckig und bröckelten ab. Beim trüben Licht einer Lampe las Marney auf einer Tafel neben dem Eingang: ›Königliches Gefängnis Keytown‹. Darunter folgten eng bedruckte, unleserliche Zeilen mit Vorschriften.

Ein Mann von herkulischer Gestalt erschien.

»Ist die Zelle bereit?« fragte ihn Jeff.

Sie standen in einer geräumigen Halle. Über ihren Köpfen liefen übereinander zwei Galerien ringsum, zu denen eine eiserne Treppe hinaufführte. Die Bedeutung der vielen schmalen Türen, die von den beiden Galerien aus erreicht werden konnten, war nicht schwer zu erraten. Sie stiegen zur ersten Galerie hinauf, eine Tür wurde aufgeschlossen. Es war eine kleine Zelle mit ausgetretenem Steinboden. In der Ecke stand allerdings eine neue, saubere Bettstelle. Es gab auch einen Waschtisch, und, wie Marney bald entdeckte, die Zelle stand in Verbindung mit einer zweiten, die eine Badewanne enthielt.

»Die Zelle der zum Tode Verurteilten«, versicherte Jeffrey mit Genuß. »Eine Menge Geister werden dir heute nacht Gesellschaft leisten.«

Er ging und schlug die Tür zu; sie wurde von außen abgeschlossen.

Durch eine matte Glasscheibe neben der Tür fiel schwaches Licht in die Zelle. Bald gewöhnten sich ihre Augen an das Halbdunkel. Das Gefängnis mußte sehr alt sein. Die Wände waren an einigen Stellen glattgerieben, wahrscheinlich durch die Rücken Verurteilter, die ihr Schicksal erwarteten. Sie fröstelte bei der Vorstellung, was für Seelenqualen sich hier schon abgespielt haben mochten.

Wenn sie sich aufs Bett stellte, konnte sie das gleich unter der Decke liegende Fenster erreichen. Es bestand ebenfalls aus mattem, an einigen Stellen zerbrochenem Glas, das in einem verrosteten Eisenrahmen saß.

Der Morgen war für die Jahreszeit ungewöhnlich kalt. Sie zog die Decke vom Bett und wickelte sich darin ein. Als sie so auf dem Bettrand saß, hörte sie ein leises Klopfen. Es kam von oben. Ihr Herz klopfte bei dem Gedanken, daß sich in der darüberliegenden Zelle vielleicht ihr Vater – oder Jonny befand.

Sie stieg aufs Bett und pochte mit dem Fingerknöchel an die Steindecke. Jemand antwortete ihr. Man suchte ihr durch Morsezeichen etwas mitzuteilen, das sie nicht verstehen konnte. Dann hörte das Klopfen auf. Jetzt vernahm sie Schritte über sich. Zufällig sah sie nach einer Weile nach der zerbrochenen Fensterscheibe und bemerkte, wie langsam etwas herabkam und verschwand. Sie streckte das Gesicht ganz nahe zum Fenster hin und sah einen schwarzen Faden herabhängen. Nach einiger Mühe gelang es ihr zuletzt, ihn mit zwei Fingern zu fassen und vorsichtig durch die zerbrochene Stelle in der Scheibe hereinzuziehen. Am Ende des Fadens hing etwas Zusammengeknülltes.

Es war eine um einen Bleistiftstummel gewickelte Banknote.

Erst starrte sie sie ratlos an, bis ihr einfiel, sie umzudrehen und genauer zu untersuchen. Die mit Bleistift an den Rand geschriebenen Worte waren kaum zu sehen. Sie hielt die Note, so nahe es ging, ans Licht. Mühsam las sie:

›Wer ist dort? Bist du es, Peter? Ich bin oben. Jonny.‹

Sie nahm den Bleistiftstummel, schrieb schnell ihre Antwort, wickelte alles wieder zusammen und ließ es durch das Loch in der Scheibe hinausgleiten. Sie sah, wie es gleich danach hinaufgezogen wurde.

Jonny war oben – er wußte alles. So machtlos er auch war, sie fühlte sich durch seine bloße Anwesenheit ermutigt. Eine halbe Stunde wartete sie am Fenster, aber schon schien die Sonne, und Jonny hielt es wohl für zu gefährlich, ihr weitere Mitteilungen zukommen zu lassen.

Erschöpft, mit dem Vorsatz, wachzubleiben, legte sie sich aufs Bett. Schon nach fünf Minuten schlief sie fest. Erst das Geräusch eines Schlüssels, der sich im Schloß drehte, ließ sie aufschrecken. Es war der Mann, den sie schon bei der Ankunft gesehen hatte. Er brachte ein Tablett herein, auf dem eine große Tasse, ein Teller mit sechs Butterbroten und eine riesige Teekanne standen. Da kein Tisch vorhanden war, stellte er das Tablett aufs Bett und ging, ohne ein Wort zu sagen, wieder hinaus.

Sie warf einen Blick auf ihre Armbanduhr. Es war zehn Uhr. Nach einer halben Stunde erschien der Mann wieder, um das Tablett zu holen.

»Wo bin ich?« fragte sie ihn.

»Im Kasten«, erklärte er trocken. »Aber dieser ist besser als irgendeiner, in dem Sie je waren, Miss. Übrigens – machen Sie keinen Versuch, mich auszufragen, Sie bekommen doch keine Antwort.«

Um zwei Uhr gab es wieder eine Mahlzeit. Sie wurde diesmal etwas netter serviert. Offenbar war extra ein neues Service besorgt worden. Marney machte den Versuch, etwas über ihren Vater zu erfahren, hatte aber keinen Erfolg damit.

Langsam schlich der Tag dahin. Jede Minute kam ihr wie eine Stunde und jede Stunde unendlich lang vor. Es war schon fast dunkel, als noch ein Besucher kam – Jeffrey Legge persönlich.

Bei seinem Anblick erschrak sie. Er war geisterhaft blaß, seine Augen flackerten, die Hände zitterten wie im Fieber.

»Ich werde meinen Vater rächen –«, stieß er hervor.

»Was soll das heißen?« fragte sie atemlos.

»Kane, das Schwein, hat in der vergangenen Nacht meinen Vater ermordet.«

»Du bist wahnsinnig! Mein Vater ist hier – du sagtest es selbst.«

»Das war eine Lüge. Es kommt nicht darauf an, was ich dir sage. Kane ist auf dem Weg nach Keytown entwischt. Er kehrte in den Klub zurück und hat meinen Vater umgebracht.«

Fassungslos starrte sie ihn an.

»Das ist nicht wahr!«

»Nicht wahr?« Er war außer sich vor Haß und Wut. »Ich werde dir zeigen, ob es wahr ist oder nicht!«

Fluchend und hysterisch schreiend stürzte er aus der Zelle und warf die Tür krachend ins Schloß.

25

Jonny Gray war aus seiner Betäubung mit heftigen Kopfschmerzen und dem Gefühl erstickender Enge aufgewacht, was, wie er bald feststellte, darauf zurückzuführen war, daß sein Kragen allen rohen Zugriffen dieser Nacht widerstanden hatte und immer noch fest seinen Hals umschloß. Das hätte Parker ohne Zweifel sehr gefreut, was Jonny jedoch nicht daran hinderte, diesen beengenden Kragen entschlossen aufzureißen.

Der Raum, in dem er sich befand, kam ihm recht vertraut vor. Es war eine Zelle und ...

Natürlich, Keytown Jail! Er dachte an Fenners Warnung. Fenner hatte es also gewußt! Keytown Jail, das die Regierung an – Jeffrey Legge verkauft hatte! Der Gedanke schien ungeheuerlich. Aber warum nicht? Ein Holzhändler hatte ein Gefängnis in Hereford gekauft, ein Restaurateur eines in Nordengland erstanden; in den Zellen wurde jetzt Fünfuhrtee serviert.

Er verstand jetzt alles. Keytown war das Hauptquartier des

›großen Druckers‹. Wie sollte es sich die Polizei einfallen lassen, gerade diesen Ort zu durchsuchen?

Er vernahm gedämpft Stimmengewirr. Unten fiel eine Tür ins Schloß. Dort unten mußte Peter sein. Auch er war in ihrer Gewalt. Er bückte sich und klopfte nach der Morsemethode auf den Fußboden. Wenn Peter unten war, würde er es verstehen. Er durchsuchte seine Taschen, fand ein Bleistiftende, aber kein Papier, nur ein paar Fünfpfundnoten, die seine Feinde unberührt gelassen hatten. Er schrieb seine Botschaft auf den Rand einer Banknote. Aus dem Aufschlag seines Fracks zog er geschickt einen langen Faden. Er wickelte den Geldschein um den Bleistift, befestigte daran den Faden und ließ ihn – auch bei ihm war die Fensterscheibe zerschlagen – außen an der Hauswand hinab, in der Hoffnung, daß sein Leidensgenosse unten dieses Manöver bemerken würde.

Zu seiner Freude spürte er bald einen Zug am Faden, und als er ihn nach wenigen Minuten wieder heraufzog, fand er auf dem Geldschein neben seiner Mitteilung eine Antwort, die ihn sehr bestürzte.

Marney hier – ein entsetzlicher Gedanke! Es war inzwischen viel zu hell geworden, um eine weitere Verständigung wagen zu können. Er nahm die Wasserkanne und kühlte seinen schmerzenden Kopf im Waschbecken. Als das Frühstück kam, fühlte er sich ein wenig besser.

Der Mann, der das Teebrett hereinbrachte, war ihm völlig fremd, ebenso sein Begleiter, der mit einem Revolver in der Hand an der Tür Wache hielt.

»Was soll das alles bedeuten?« fragte Jonny. Er saß auf dem Bett und ließ die Beine herabhängen. »Ich wußte gar nicht, daß Jeff Legge ein solches Verlangen nach dem Gefängnis hat, daß er sich einen eigenen Kasten kaufen mußte! Wäre es nicht billiger und zeitsparender gewesen, wenn er gleich ›über die Alpen‹ gegangen wäre?«

»Halt den Mund, Jonny Gray – du wirst noch was erleben, bevor du hier herauskommst!«

»Das glaub' ich gern. Was macht Peter?«

»Du weißt ganz gut, daß Peter entwischt ist«, erwiderte der

mit dem Revolver ohne zu überlegen, merkte aber sogleich, daß er zuviel gesagt hatte.

»Entwischt!« rief Jonny. »Sprichst du im Ernst?«

»Ganz gleich, ob im Scherz oder Ernst. Hauptsache, du hältst deine Zunge im Zaum, Gray, dann wirst du behandelt, wie sich's gehört. Andernfalls wird dir Dartmoor im Vergleich zu Keytown noch wie ein Paradies erscheinen.«

Die Tür wurde zugeschlagen.

Später kam der, der das Tablett gebracht hatte, diesmal allein, um es wieder zu holen.

»Wie heißt du eigentlich, mein Junge?« fragte ihn Jonny. »Ich mag dich nicht mit ›Kerl‹ anreden – ich hasse pöbelhafte Ausdrücke.«

»Bill ist mein Name. Aber du sollst mich auch nicht Bill nennen. Du kannst ›Sir‹ zu mir sagen.«

»Oho!« meinte Jonny bewundernd. »Du sprichst ja wie ein richtiger Schinder.«

Wieder fiel die Tür krachend ins Schloß.

Jonny Gray hatte Zeit nachzudenken. Man hatte ihm die Uhr, sein goldenes Zigarettenetui und ein kleines Federmesser weggenommen, aber der Verlust dieser Gegenstände störte ihn nicht im geringsten. Vor allem lag ihm daran, das Keytowngefängnis näher kennenzulernen.

Um vier Uhr nachmittags wurde ihm der Lunch gebracht, und er war hungrig genug, davon zu essen, wenn er auch einen gewissen Argwohn auf etwaige Zutaten nicht unterdrücken konnte.

»Kein Gift drin, Bill?« fragte er, als ihm Brot und Käse hingestellt wurden.

»Wozu Gift? Wir könnten dich ja verhungern lassen. Vielleicht kommt Jeff noch auf die Idee, wenn er zurück ist.«

»Er ist fort, sagst du? Es ist ja auch viel netter im Gefängnis, wenn der Direktor nicht da ist, nicht wahr, Bill? Was meinst du zu ein paar hundert – echte Scheine natürlich?«

»Wofür?« Bill blieb an der Tür stehen. »Wenn du glaubst, ich ließe dich dafür einen Ausflug machen, bist du ein Narr.«

»Habt ihr eigentlich elektrisches Licht hier?« erkundigte sich Jonny harmlos. Den ganzen Tag hatte er ein eigentümlich schwirrendes Geräusch gehört, das aus einem entlegenen Teil des Gefängnisses zu kommen schien.

»Ja«, sagte Bill. »Das hier ist ein Musterkasten.«

»Sicher. Aber da könntet ihr doch heute abend mal meine Zelle illuminieren? Das wäre doch eine Abwechslung. Oder braucht ihr den ganzen Strom für die Druckerei?« Er sah, wie Bills Gesicht zuckte. »Natürlich fabriziert ihr hier euer Falschgeld – das weiß jeder. Hör auf meinen Rat, Bill – geh, solange es noch Zeit ist! Sonst werden dich die Greifer in den echtesten Kasten setzen, den du dir vorstellen kannst. Jeffrey bringt dich früher oder später ins Loch. Er ist ein geborener Verräter. Und er hat Geld, mit dem er sich aus dem Staub machen kann – Geld, Autos und Flugzeuge. Von alldem hast du nichts, du wirst auf deinen eigenen Füßen davonlaufen müssen, und die Greifer holen dich auf halbem Wege ein.«

»Ach, halt den Mund!« sagte Bill unwillig. Es war ihm unbehaglich zumute. Das Gespräch endete wie am Morgen mit dem Zuschlagen der Tür.

Wenig später öffnete sich das kleine Guckloch in der Zellentür.

»Wie bist du draufgekommen, daß das eine Druckerei ist?« fragte Bills Stimme.

»Ich bin nicht draufgekommen – ich weiß es. Wenn du heute abend zu mir kommen willst, sag' ich dir, wie jeder Arbeiter hier heißt, wo jede Druckpresse steht, und wie lange du im Zuchthaus sitzen wirst.«

Das Guckloch schloß sich wieder.

Ein Glück, daß Jeffrey fort war – hoffentlich blieb er die ganze Nacht weg. Jonny war um Marney besorgt und mußte sich zusammennehmen, um die Nerven nicht zu verlieren.

Nach einer Stunde erschien Bill wieder.

»Du machst Bluff, Jonny Gray! Wir haben hier einen Burschen, der mit dir im Kasten gesessen hat, und der sagt, du seist der ärgste Bluffer, den es je gegeben hat. Du weißt gar nichts.«

»Ich weiß fast alles«, erklärte Jonny unbescheiden. »Ich weiß zum Beispiel, daß sich in der Zelle unter mir eine junge Dame befindet. Wie geht es ihr?«

Bill war einen Augenblick fassungslos.

»Wer hat dir das gesagt? Es ist doch kein anderer hiergewesen?«

»Kein Mensch. Es gehört nur zu meiner allgemeinen Sachkenntnis. Nun hör mal zu, Bill: Wie behandelt ihr die Dame? Davon hängt dein Leben ab – vergiß das nicht!«

»Es geht ihr gut«, berichtete Bill etwas unsicher. »Man hat ihr die Verurteiltenzelle gegeben, mit einem Badezimmer und allem Zubehör – ein besonderes Bett, nicht wie deines ... Aber du kannst mir nicht bange machen, Gray!«

»Bring mir etwas Wasser.«

Das Wasser kam lange nicht. Es war schon dunkel. Er horchte an der Tür, als er Schritte hörte. Bill war allein. Jonny zog das eine Hosenbein hoch, und der Sockenhalter, auf den Parker so stolz war, kam zum Vorschein. Es war auch kein gewöhnlicher Sockenhalter. An die Innenseite angeschnallt befand sich ein dünnes, ledernes Futteral. Es enthielt einen kaum zehn Zentimeter langen Revolver, dessen stumpfe kleine Kugeln keineswegs harmloser Art waren.

Bill trat ein.

»Jeff ist zurück ...«, begann er.

Jonny ließ ihn nicht ausreden. Überraschend packte er mit der Linken die rechte Hand des Wärters, die einen Revolver hielt, drückte sie zur Seite, während in seiner eigenen Rechten die kleine Waffe aufblitzte.

»Dieser kleine Revolver sieht vielleicht recht harmlos aus, aber er reicht völlig aus, dir ein Loch ins Herz zu schießen.«

Mit entschlossenem Griff riß er den Revolver aus Bills Hand und steckte ihn ein.

»Setz dich!« befahl er. »Ist jemand in der Halle?«

»Um Gottes willen, wenn Jeff dich sieht! Er bringt mich um.«

»Das würde mir leid tun. Stell dich jetzt an die Wand! Ich will sehen, was du in der Tasche hast.« Er durchsuchte ihn und fand einen Schlüssel mit kompliziertem Bart. »Ein Hauptschlüssel, scheint mir. Nun, Bill, mach jetzt keinen Lärm, du kannst morgen früh wieder hinaus. Ich werde vor den Geschworenen in Oxford ein gutes Wort für dich einlegen. Ich mag einfältige Verbrecher, und du bist wahrhaftig einfältig genug!«

Diesmal ließ Jonny die Tür hinter sich ins Schloß fallen. Er ging die Galerie entlang bis zur Treppe. Die Halle war leer – nein, jetzt kamen zwei Männer aus einer Tür, der eine war Jeffrey, sie stiegen zur ersten, unteren Galerie hinauf und blieben vor einer Zellentür stehen. Jonny, der sich an die Wand der zweiten Galerie gedrückt hatte, zählte – eins, zwei, drei, vier. Es war die vierte, Marneys Tür, die sich gerade unter seiner eigenen befand. Er hörte das Schloß knirschen, ein Geräusch, das ihm nur zu vertraut war, und dann verschwand Jeff Legge, während sein Begleiter vor der Tür stehenblieb.

Jonny war entschlossen, notfalls diesen Posten vor der Tür niederzuschießen, aber alles blieb still, und Jeff Legge stürzte nach wenigen Minuten, Drohungen ausstoßend, wieder aus der Zelle heraus. Die beiden verließen die Halle durch die gleiche Türe, aus der sie aufgetaucht waren.

Jonny eilte auf Nummer vier zu und öffnete mit dem Hauptschlüssel. Das Mädchen wich zurück und stand mit dem Rücken zur Wand.

»Rühr mich nicht an!« schrie sie.

»Marney!«

Für eine Sekunde blieb sie wie angewurzelt stehen. Dann flog sie ihm in die Arme.

»Jonny, wie bist du hergekommen? Du wirst doch –? Laß mich nicht mehr allein!«

Er beruhigte sie, so gut er konnte.

»Ich bleibe hier – der Kerl wird wohl wiederkommen, dann soll er etwas erleben.«

26

Von der Halle aus ging Jeffrey in das kleine Haus, das einst der Gefängnisdirektor bewohnt hatte. Jetzt war es das Hauptquartier des ›großen Druckers‹.

Er goß sich ein Glas Whisky ein und trank es unverdünnt aus. Sein Begleiter betrachtete ihn neugierig und besorgt.

»Jeff, mir scheint, es ist Zeit, sich aus dem Staub zu machen.

Wir können die Leute nicht länger hierbehalten. Sie haben Angst.«

»So – Angst haben sie!« wiederholte Legge höhnisch.

»Auf alle Fälle«, beharrte der Adjutant, »geht die Sache hier ihrem Ende entgegen. Für jeden vernünftigen Mann ist der Augenblick gekommen, sich über den Kanal abzusetzen und irgendwo ein stilles Heim zu suchen.«

Jeff Legge dachte eine Weile nach.

»Du magst recht haben. Sag ihnen, daß sie heute abend gehen können.«

Diese Antwort brachte den andern aus der Fassung.

»Heute abend? Ich – ich wußte nicht, daß es so eilig ist.«

»Sag ihnen, sie sollen heute abend verschwinden. Sie haben ihr Geld erhalten. Ich gebe das Ganze hier auf.«

»Wer hat deinen Vater ermordet?«

»Peter Kane. Ich weiß es genau. Die Polizei sucht ihn zu dekken, aber er ist der Mörder. Man hat ihn am Morgen in den Klubräumen gefunden.« Er saß da und starrte schwermütig auf das Glas in seiner Hand. »Laß sie heute abend gehen, alle, bis auf den letzten Mann – warte, ich will es ihnen selbst sagen.«

»Soll ich auch gehen?« fragte der Adjutant.

»Ja, ich muß mit den beiden abrechnen, und ich will das allein erledigen.«

»Einige von den Leuten mögen Jonny Gray. Sie waren zusammen mit ihm im Kasten.«

»Ein Grund mehr, sie wegzuschicken. Sie sollen es gleich erfahren!«

Er sprang auf. Der Adjutant folgte ihm. Sie begaben sich in einen entfernteren Gefängnistrakt. Auch hier gab es eine Halle, Galerien und Zellen, doch waren die Zellentüren entfernt worden.

In der hell erleuchteten Halle saßen ein halbes Dutzend Männer um einen Tisch herum und spielten Karten. Vier Zellentüren waren intakt geblieben. Hinter ihnen standen die Druckpressen, die vom Morgen bis zum Abend französische, amerikanische und englische Scheine zutage förderten. Unter den Männern war keiner, der nicht schon längere Zeit wegen Fälschung gesessen hätte. Jeff hatte sie so sorgsam ausgesucht wie ein Zirkusdirektor seine Artisten. Es waren Männer ohne Heim, ohne Familie, ohne Hoffnung auf die Zukunft. An das Gefängnisleben waren sie ohnehin gewöhnt, und das jetzige hier war eine angenehme Abwechslung vom echten.

Die Behörden nahmen an, Keytown Jail befinde sich im Besitz eines Konsortiums, das sich mit technischen Versuchen höchst komplizierter Art befasse. Zuleitung und Einrichtung von Kraftstromleitungen zu den ›Laboratorien‹ waren anstandslos bewilligt worden. Es war für Jeffrey das sicherste Asyl im ganzen Land gewesen, besser geschützt, als wenn er es selbst erbaut hätte.

Seine Rede war kurz und sachlich.

»Kinder, der Augenblick ist gekommen, uns aus dem Staube zu machen. Ihr habt alle genug Geld, um den Rest eures Lebens angenehm verbringen zu können. Ich rate euch, England so schnell wie möglich zu verlassen. Ihr habt Pässe, kennt den Weg – es ist der beste Moment.«

»Meinst du, daß wir uns heute abend aufmachen müssen, Jeff?« fragte einer.

»Ja, heute abend. Ein Auto bringt euch nach London. Aber euer Handwerkszeug müßt ihr hierlassen.«

»Was willst du mit der Fabrik machen?«

»Das ist meine Sache«, sagte Jeff.

Der Entschluß fand nicht allgemeine Zustimmung, doch war der Respekt vor dem ›großen Drucker‹ zu groß, als daß ihm einer widersprechen wollte. Gegen zehn Uhr abends war das Gefängnis leer, bis auf Jeffrey und seinen Stellvertreter.

»Ich habe Bill Holliss nicht fortgehen sehen«, sagte Jenkins. Aber Jeffrey war zu sehr mit seinen Plänen beschäftigt, um der Bemerkung auch nur einen Augenblick Beachtung zu schenken.

»Vielleicht siehst du zu, daß du jetzt selbst wegkommst, Jenkins«, knurrte er. »Du kannst den Zweisitzer nehmen und fahren, wohin du willst!«

»Ich möchte bis morgen früh hierbleiben.«

»Du gehst heute abend. Was hätte es sonst für einen Zweck gehabt, die anderen wegzuschicken?«

Er schloß das Tor hinter Jenkins Wagen. Jetzt war er allein mit seinen Gefangenen. Er konnte jetzt ruhiger nachdenken. Die große Wut war vorüber. Er suchte in einer alten Vorratskammer und fand bald, was er brauchte. Ein starkes Seil. Er warf es über den Arm, nahm eine Windlaterne in die Hand und ging in den Hof hinaus zu einem Schuppen, der an die Hauswand angebaut war. Er schloß das verrostete Anhängeschloß auf und zog die beiden Türflügel auseinander. Der Schuppen war leer, bis auf allerhand herumliegenden Plunder, den er mit dem Besen beiseite fegte. Darauf holte er eine Leiter, stieg zu einem Balkon unter dem Dach hinauf und band ein Seilende daran fest. Dann mühte er sich damit ab, eine Schlinge zu knüpfen.

Es war die alte Richtstätte des Zuchthauses. Unter seinen Füßen befand sich die verhängnisvolle Falltür, die bei einem Ruck am rostigen Hebel herabklappen mußte. Er machte den Versuch, aber es kostete ihn viel Zeit, bis er die Falle wieder hochgezogen hatte. Sein Gesicht war schweißbedeckt. Ein Blitz erleuchtete sekundenlang die finsteren Winkel des Gefängnishofes, und von fernher folgte ein Donnergrollen.

Jeffrey betrat die Halle und stieg die eiserne Treppe zur ersten Galerie hinauf. Vor Nummer vier, der Verurteiltenzelle, blieb er zögernd stehen. Geräuschlos steckte er den Schlüssel ins Schloß, öffnete, schlüpfte hinein. Mit angehaltenem Atem wartete er. Er wußte nicht, ob sie schlief oder wach war. Leise schlich er zum Bett. Er sah die Umrisse ihrer Gestalt.

»Marney . . .« Er tastete nach ihrem Gesicht.

Da legten sich zwei Hände wie Klammern um seine Gurgel.

Einen Augenblick war Legge vor Schreck gelähmt, dann wehrte er sich wild. Kämpfend stürzten sie vom Bett. Jeffrey stieß mit dem Knie nach Jonny, der aufschrie; die Umklammerung seiner Finger lockerte sich, Legge entschlüpfte dem Griff und flog zur Tür, warf sie zu. Keuchend stand er vor der Zelle. Von innen hörte er ein kratzendes, tastendes Geräusch am Schlüsselloch, begriff blitzschnell, daß Jonny ja einen Schlüssel besaß, den er hineinstecken wollte. Rasch steckte er von außen seinen eigenen Schlüssel ins Schloß und drehte ihn ein wenig herum, so daß er von innen nicht mehr herausgeschoben werden konnte.

Jonny Gray! Wie war er hierhergekommen? Er lief die Treppe hinauf und hämmerte an die Tür der Zelle, in der Gray hätte eingeschlossen sein müssen. Bills ängstliche, verdrießliche Stimme antwortete.

»Verdammter Hund! Du hast ihn laufen lassen! Du kannst da drinnen bleiben und verhungern. Der Teufel soll dich holen!«

»Ich hab' ihn nicht laufen lassen. Er hat mich überfallen. Nimm dich in acht, Jeff, er hat einen Revolver.«

Diese Mitteilung beunruhigte Jeff. Jonnys Kleider waren nur oberflächlich durchsucht worden, aber daß irgendeine Waffe unbemerkt geblieben war, hatte er nicht für möglich gehalten.

»Laß mich hinaus, Legge!« bettelte Bill. »Du hast einen Schlüssel.«

»Gut – aber wenn du mich verraten hast . . .«

Vielleicht konnte dieser Mann ihm von Nutzen sein.

»Ich hab' dich nicht verraten, sag' ich dir. Er hat mich überfallen.«

Legge befreite ihn.

»Er hat auch meinen Revolver genommen«, berichtete Bill. »Wo sind die andern Burschen? Wir werden bald mit ihm fertig sein.«

»Sie sind fort«, sagte Jeff.

Was für ein Narr war er gewesen! Wenn er nur die Klugheit gehabt hätte, die Bande noch für ein paar Stunden beisammenzuhalten. Trotzdem, es konnte nichts passieren. Da fiel ihm der innere Hof ein. Verdammt! Von der Verurteiltenzelle führte eine Tür in den Hof hinaus . . .

»In meinem Zimmer findest du eine Pistole, sie liegt oben rechts im Pult«, sagte er schnell zu Bill. »Nimm sie und stell dich draußen in den Hof vor die Badzimmerzelle. Macht er einen Versuch zu entfliehen, so schieß ihn nieder. Wenn er entwischt, häng' ich dich an seiner Stelle auf! Schnell!«

27

Ärgerlich saß Jonny neben Marney. Sie hielt seine Hand fest; der Druck ihrer Finger sagte ihm, wie sehr sie auf ihn vertraute.

»Mag kommen, was will«, flüsterte sie. »Sie können nicht herein, und wir können nicht hinaus. Wie lange kann es dauern, bis wir verhungern?«

Jonny hatte sich diese Frage auch schon gestellt.

»Etwa drei Tage«, meinte er in so sachlichem Ton, daß sie lachen mußte. »Meine einzige Hoffnung ist, daß dein Vater, der, wie gesagt, entkommen ist, mehr über diesen Ort weiß, als er merken ließ.«

»Wußtest du etwas darüber?« fragte sie.

»Nein, das heißt, ich hätte es sofort wissen müssen, als Fenner mich vor Keytown Jail warnte. Diese Kerle lieben es, in Gleichnissen zu reden und geheimnisvoll zu tun. Außerdem hätte ich bedenken müssen, daß Fenner der Übergang des Kerkers in Privathände nicht unbekannt sein konnte.«

Er untersuchte die Gitterstäbe am Fenster, mußte aber bald einsehen, daß an ein Entkommen auf diesem Wege nicht zu denken war, wenn man keine Instrumente besaß.

Als er im Morgengrauen draußen Bills Gestalt erblickte, gab er diese Hoffnung ganz auf.

»Guten Morgen, William. Du bist draußen, wie ich sehe«, begrüßte er den finster dreinschauenden Wärter, der sich mit einem Satz in Deckung brachte und seine lange Pistole schwang.

»Steck deine Nase nicht heraus, sonst schieß' ich sie dir weg«, rief er drohend. »Wir haben dich, Mr. Gray!«

»Sie werden bald dich haben, mein armer William. Die Greifer werden um neun Uhr hier sein – du glaubst doch nicht, daß ich mich in so eine Falle locken lasse? Nein, wirklich nicht. Ich habe gepfiffen! Das war meine einzige Rettung, William. Und deine einzige Rettung ist, dich so rasch als möglich fortzuschleichen und Staatszeuge zu werden. Das ist mein freundschaftlicher Rat.«

»Du kommst hier nicht lebendig heraus – Jeff bringt dich um.«

»Wirklich?«

Ein Schrei ließ Gray herumfahren.

»Jonny!«

Die Klappe, die das vergitterte Guckloch von außen verdeckte, war zurückgerissen worden. Jeffreys Revolver zeigte sich in der Öffnung. Jonny hatte sich platt aufs Bett geworfen, als der betäubende Knall auch schon erfolgte. Die Kugel schlug an die Wand, prallte an der Decke zurück und fiel Marney beinah zu Füßen. Jonny schoß, noch während der Lauf im Guckloch steckte. Das ausgezackte Drahtgitter zeigte die Stelle, die er getroffen hatte.

»Die Zeit zu spotten ist vorbei«, sagte Jonny und führte Marney zur Wand, die der Tür am nächsten war und vollkommene Deckung bot. Er schob einen Schemel hin und setzte sich neben sie. »Wenn er nur diesen verdammten Schlüssel für einen Augenblick wegnehmen wollte!«

»Im Badezimmer gibt es noch eine Tür«, sagte Marney plötzlich, »sie geht auf einen Übungsplatz hinaus, glaube ich.«

Jonny ging ins Badezimmer und untersuchte die Tür. Er schob den Kopf durch eine zerbrochene Scheibe hindurch und erblickte einen hundert Quadratmeter großen Platz, auf dem einst die Sträflinge Turnübungen zu machen pflegten. Er versuchte seinen Schlüssel, und zu seiner Freude ließ er sich herumdrehen. Nun stand er in dem gepflasterten Hof.

Ein hohes, enges Tor schien der einzige Ausgang zu sein. Dafür sprach auch, daß Bill jetzt vor diesem Tor, auf der anderen Seite also, patrouillierte. Gray konnte seine Schritte hören. Dieser Bill, bewaffnet und verängstigt, mußte als gefährlich gelten. Jonny zog die Schuhe aus, schlich sich ans Tor und sah durchs Schlüsselloch. Bill befand sich etwa sechs Schritte von ihm entfernt und kehrte ihm den Rücken zu. Gray steckte den Schlüssel ins Schloß, das Tor sprang auf. Als Bill herumfuhr, starrte er in einen Revolverlauf.

»Laß keinen Laut hören«, flüsterte Jonny. »Gib die Pistole her, Unglückseliger!« Mit einem Griff riß er ihm die Waffe aus der Hand und beförderte ihn mit einem Stoß in den Übungshof. »Hier bleibst du!«

Er schloß das Tor jetzt von außen ab. Zum zweitenmal war Bill gefangen.

Jonny schlich sich an der Hausmauer entlang bis zum Haupteingang, der in die Halle führte. Die Pforte stand offen. Den Revolver in der Hand, den Finger am Abzug, sprang er hinein.

»Hände hoch!« schrie er.

Jeffrey Legge zuckte herum. Es krachte, eine Kugel pfiff dicht an Jonnys Gesicht vorbei.

Gray hatte zweimal gefeuert, aber Jeff rannte im Zickzack davon, und er kam nicht mehr zum Schuß. Legge verschwand durch eine Tür hinten in der Halle, warf sie zu, Jonny stürzte ihm nach, aber da er alle Türen, die ihm den Weg versperrten, erst wieder aufschließen mußte, konnte er ihn nicht einholen. Schließlich sah er Jeffrey die Pförtnerloge betreten, gleichzeitig wurde ein rasselndes Geräusch hörbar und ein schweres Gitter senkte sich vor Jonny zu Boden. Es versperrte ihm den Zugang zur Pförtnerloge, überhaupt jeden Weg nach draußen. Ein Fallgitter! Alle alten Gefängnisse in der Provinz hatten sie. Legge war entkommen.

Jonny kehrte zu Marney zurück.

»Halte dich versteckt – er ist entwischt«, warnte er sie.

28

Das Fallgitter war unten. Jeffrey zog den Mantel an, den er beim Pförtner gelassen hatte, steckte seinen Revolver in die Tasche und öffnete das äußerste Tor in der Mauer, die das ganze Anstaltsgebäude umschloß.

Mindestens zwölf Stunden Vorsprung, dachte er, als er ins Freie trat.

»Bitte, nehmen Sie die Hand aus der Tasche, Mr. Jeffrey –«, hörte er eine klagende Stimme sagen. »Es würde mir furchtbar leid tun, auf einen Mitmenschen schießen zu müssen – es wäre meinen innersten Gefühlen zuwider.«

Jeff hob seine Hände, so hoch er konnte, denn Mr. Reeder war nicht allein. Hinter ihm standen vier bewaffnete Beamte, und eine Anzahl berittener Polizisten, die einen Halbkreis bildeten, schnitten ihm jede Möglichkeit der Flucht ab. Am schlimmsten jedoch war der haßerfüllte Blick von Peter Kane, der finster und wortlos neben Reeder stand.

Zum erstenmal in seinem Leben spürte Jeff Legge die kalte Berührung von Handschellen. Er wurde in die Pförtnerloge zurückgebracht. Zwei Polizisten mühten sich währenddem an der Winde ab, mit der das Fallgitter hochgezogen werden mußte.

Zu Inspektor Craig, der den Überfalltrupp offiziell anführte, sagte Legge:

»Ich will ein umfassendes Geständnis ablegen. Jonny Gray steckt in dem Geschäft drin. Seit Jahren fabriziert er meine Blüten. Sie finden die Druckpressen in der zweiten Halle. Alle übrigen Vögel sind ausgeflogen.«

»Sie sind direkt ins Polizeigefängnis von Oxford hineingeflogen«, antwortete Craig. »Dort singen sie fröhlich ihre hübschen, kleinen Lieder. Die Oxforder Polizei hat gestern abend um elf einen ganzen Wagen voll festgenommen.«

»Jedenfalls ist Jonny Gray in dem Geschäft, das sag' ich Ihnen!«

»Wie können Sie nur so etwas behaupten?« fragte Mr. Reeder empört. »Ich bin ganz sicher, daß Mr. Gray vollkommen schuldlos ist.«

Jeff sah ihn voll Verachtung an.

»Sie sind ein recht drolliger Greifer! Craig hat Sie wohl hergebracht?«

»Nein«, sagte Mr. Reeder, »ich habe mich selbst hergebracht.«

»Das einzige, was man über Sie sagen kann«, stichelte Jeff gehässig, »ist, daß Sie schlauer sind als der alte Golden – doch das will nicht viel heißen!«

»Nein, nicht sehr viel«, stimmte Reeder zu.

»Aber Sie sind nicht schlau genug, um zu wissen, daß Gray hier seit Jahren seine Finger drin hat.«

»Auch als er sich im Gefängnis befand?« fragte Mr. Reeder mit milder Nachsicht. »Die Möglichkeit scheint mir eigentlich recht gering, meinen Sie nicht? Doch wir wollen nicht streiten, Mr. Legge.«

Es war gelungen, das Fallgitter hochzuziehen. Wenige Minuten später umarmte Peter Kane seine Tochter.

»Jonny, es ist über Sie gepfiffen worden«, begann Craig sogleich, als er ihm die Hand schüttelte. »Es wird erzählt, daß Sie an diesem Blütengeschäft beteiligt waren. Aber solange ich keine Beweise habe, will ich nicht daran glauben.«

»Wer hat den alten Legge ermordet?« fragte Jonny.

Der Inspektor zuckte die Achseln.

»Wir wissen es nicht. Aber Stevens ist verschwunden, und Stevens ist Fenners Bruder. Ich habe das von Mr. Reeder erfahren, der über hervorragende Quellen zu verfügen scheint.«

»Ganz und gar nicht«, wehrte Mr. Reeder höflich ab. »Ich habe in der Tat nur eine einzige Quelle, freilich eine hervorragende, und ihr verdanken wir alles. Doch Sie werden wohl meine Behauptung bestätigen, John, daß Stevens Fenners Bruder ist?«

Zu Peters Überraschung nickte Jonny.

»Ja, ich wußte, daß sie Brüder sind. Und ich brauche wohl nicht zu betonen, daß sie weder Stevens noch Fenner heißen. Es steht so gut wie fest, daß der alte Legge Fenner verraten hat – ihn in der Berkeley-Square-Sache der Polizei auslieferte. Vielleicht hat Stevens das erfahren und auf eine Gelegenheit gewartet, um mit Emanuel abzurechnen. Ihr habt ihn also nicht festnehmen können?«

»Nein – noch nicht«, sagte Craig.

»Hoffentlich überhaupt nicht.« Jonny ging auf Peter Kane und Marney zu. Er legte ihr den Arm um die Schulter. »Und – wie steht die Geschichte jetzt mit uns, Peter?«

»Ich werde sie dir wohl geben müssen, meinen Segen zu dieser Heirat nicht länger vorenthalten können, was immer dabei herauskommt. Und ich will alles, was in meinen Kräften steht, dazu . . .«

»Für Jonny kann ich garantieren«, unterbrach ihn Mr. Reeder. »Doch gestatten Sie mir, daß ich Sie um Entschuldigung bitte. Ich bin sozusagen ein Wolf im Schafspelz oder ein Schaf im Wolfspelz, wenn Sie wollen. Mein Name ist nämlich – Golden.«

»Golden!« rief Craig verblüfft. »Ich dachte, Golden wäre längst pensioniert?«

»Er ist es und ist es doch nicht.« Mr. Golden starrte ernst über seine Brillengläser hinweg. »Sehen Sie, ich bin ein vorzüglicher Bürobeamter, aber nur mäßig im Aufklärungsdienst. Trotzdem – als Mr. John Gray Reeder Oberinspektor meiner Abteilung wurde . . .«

»Halt!« rief Craig. »Moment mal – John Gray Reeder? Wer ist dieser Oberinspektor John Gray Reeder?«

Mr. Golden zeigte auf Jonny.

»Jonny! Du – ein Greifer!« platzte Peter heraus. »Aber du bist doch ins Gefängnis gekommen?«

»Gewiß, ich bin ins Gefängnis gekommen. Das war der einzige Ort, wo ich über den ›großen Drucker‹ Auskunft erhalten konnte, und ich erfuhr fast alles, was ich wissen wollte. Die Prüfung dauerte zwei Jahre, aber sie war der Mühe wert, obgleich ich dabei fast das Wichtigste in meinem Leben verloren hätte –.«

»Sie sehen«, sagte Mr. Golden, dem es darum zu gehen schien, jedes eigene Verdienst von sich abzuwälzen, »ich war nur ein aufmerksamer Empfänger der Informationen und Instruktionen, die John mir gab. Ich war es, der einen weiblichen Detektiv ins Carlton Hotel schickte, um nach Marney zu sehen – in Johns Auftrag natürlich. Damit klärt sich übrigens auch sein tadelloses Alibi für jenen Abend auf. Eine Polizeiabteilung ist stets bereit, das Alibi eines Beamten zu bestätigen, der irrtümlicherweise verdächtigt wird, ein Verbrechen begangen zu haben.«

»Wie habt ihr Keytown Jail gefunden?«

»Fenner hat gepfiffen«, sagte Mr. Golden mit einer entschuldigenden Handbewegung. »Der Ausdruck ›pfeifen‹ ist mir nicht sympathisch, aber doch recht bezeichnend.«

Zwei glückliche Menschen fuhren in dem Auto, das Marney nach Keytown gebracht hatte, nach Hause zurück. Die Gegend zwischen Oxford und Horsham ist eine der schönsten in England. Die Straße führt durch herrlichen Hochwald mit schattigen Seitenpfaden, auf denen man ungestört Rast machen kann.

Für Penthouse schreiben Fritz Dürrenmatt, Frederick Forsyth, Alberto Moravia, Erich von Däniken, Helmut Qualtinger… Penthouse – das Format für Männer mit Format
Y&R
Foto: P. Kopp

ACTION KRIMI

IM GOLDMANN-TASCHENBUCH

Sam Briscoe ist der neue Held des amerikanischen Autors Pete Hamill, ein Mann, den man als „tough guy" bezeichnet. Er liebt Whisky, Frauen, schnelle Autos und ist Reporter aus Leidenschaft.
Das alles teilt er mit seinem geistigen Vater, der dieser Geschichte beinahe autobiographische Züge gibt.

Pete Hamill
Ich klau' dir eine Bank
Bestell-Nr. 5413 DM 4,80

Der Fernverkehr am Highway-Kreuz bei der amerikanischen Kleinstadt Walterburg bringt Geld in die Kassen einer privaten Groß-Raststätte, doch hinter der glänzenden Fassade verbergen sich Spannungen und Konflikte. Ein wegen Betrügereien entlassener Barmixer denkt sich einen raffinierten Plan aus, wie er zu sehr viel Geld kommen und seinen tödlichen Haß befriedigen kann. John D. MacDonald wurde mit dem Edgar-Allan-Poe-Preis ausgezeichnet.

John D. MacDonald
Die mexikanische Heirat
Bestell-Nr. 5420 DM 4,80

Verlangen Sie das Gesamtprogramm beim
Goldmann Verlag · Neumarkter Straße 18 · 8000 München 80